河野裕子

Kawano Yuko

永田 淳

コレクション日本歌人選075
Collected Works of Japanese Poets

笠間書院

『河野裕子』——目次

01　逆立ちしておまへがおれを眺めてた　たつた一度きりのあの夏のこと … 2
02　青林檎与へしことを唯一の積極として別れ来にけり … 4
03　たとへば君　ガサッと落葉すくふやうに私をさらつて行つてはくれぬか … 6
04　夕闇の桜花の記憶と重なりてはじめて聴きし日の君が血のおと … 8
05　ブラウスの中まで明かるき初夏の日にけぶれるごときわが乳房あり … 10
06　しんしんとひとすぢ続く蟬のこゑ産みたる後の薄明に聴こゆ … 12
07　君は今小さき水たまりをまたぎしかわが磨く匙のふと暗みたり … 14
08　土鳩はどどつぽどどつぽ茨咲く野はねむたくてどどつぽどどつぽ … 16
09　たつぷりと真水を抱きてしづもれる昏き器を近江と言へり … 18
10　君を打ち子を打ち灼けるごとき掌よざんざんばらんと髪とき眠る … 20
11　子がわれかわれが子なのかわからぬまで子を抱き湯に入り子を抱き眠る … 22
12　しらかみに大き楕円を描きし子は楕円に入りてひとり遊びす … 24
13　菜《な》も魚《な》も肴《な》素材いろいろ楽しくて男らに背を向け流しに向ふ … 26
14　暗がりに柱時計の音を聴く月出るまへの七つのしづく … 28
15　朝に見て昼には呼びて夜は触れ確かめをらねば子は消ゆるもの … 30
16　日本人が日本人がといふ自意識に私やせるなよ言葉やせるなよ … 32

17　いつしんに包丁を研いでゐるときに睡魔のやうな変なもの来る … 34
18　しつかりと飯を食はせて陽にあてしふとんにくるみて寝かす仕合せ … 36
19　良妻であること何で悪かろか日向の赤まま扱《しご》きて歩む … 38
20　身をかがめもの言ふこともはや無し子はすんすんと水辺の真菰《まこも》 … 40
21　たんぽぽのぽぽのあたりをそつと撫で入り日は小さきひかりを収《しま》ふ … 42
22　雨垂れはいつまで続くしたひたてん、したしたしたしたしたひた、てん … 44
23　こゑ揃へユウコサーンとわれを呼ぶ二階の子らは宿題に飽き … 46
24　夜はわたし鯉のやうだよ胴がぬーと温《ぬく》いよぬーと沼のやうだよ … 48
25　さびしいよ息子が大人になることも　こんな青空の日にきつと出て行く … 50
26　書くことは消すことなれば体力のありさうな大きな消しゴム選ぶ … 52
27　今死ねば今が晩年　あごの無き鴫のよこがほ西日に並ぶ … 54
28　黄の箱の森永ミルクキャラメルの白いエンゼル水運ぶ途中 … 56
29　借りものの言葉で詠へぬ齢となりいよいよ平明な言葉を選ぶ … 58
30　捨てばちになりてしまへず　眸《め》のしづかな耳のよい木がわが庭にあり … 60
31　わたくしはもう灰なのよとひとつまみの灰がありたり石段の隅 … 62
32　お嬢さんの金魚よねと水槽のうへから言へりええと言つて泳ぐ … 64

33　ゆつくりと治つてゆかう　陽に透けて横に流るる風花を吸ふ … 66
34　穀象《こくざう》虫の湧きゐる米を陽に干せりこくざうざうざと新聞紙のうへ歩く … 68
35　左脇の大きなしこりは何ならむ二つ三つあり卵《たまご》大なり … 70
36　何といふ顔してわれを見るものか私はここよ吊り橋ぢやない … 72
37　明日になれば切られてしまふこの胸を覚えておかむ湯にうつ伏せり … 74
38　発止発止と切りかへすのはもう止《よ》さう　朱いなり沁みて今年の烏瓜 … 76
39　死ぬときは息子だけが居てほしい　手も握らぬよ彼なら泣かぬ … 78
40　夜のうちに書いて了《しま》はう母がまだ私の字を読め返事くるるゆゑ … 80
41　今ならばまつすぐに言ふ夫ならば庇つて欲しかつた医学書閉ぢて … 82
42　よき妻であつたと思ふ扇風機の風量弱の風に髪揺れ … 84
43　あをぞらがぞろぞろ身体に入り来てそら見ろ家中《いへぢゆう》あをぞらだらけ … 86
44　病むまへの身体が欲しい　雨あがりの土の匂ひしてゐた女のからだ … 88
45　君江さんわたしはあなたであるからにこの世に残るよあなたを消さぬよう … 90
46　この家のきれいに磨かれし鍋たちがいいだろ俺たちと重なつてゐる … 92
47　あの時の壊れたわたしを抱きしめてあなたは泣いた泣くより無くて … 94
48　一日に何度も笑ふ笑ひ声と笑ひ顔を君に残すため … 96

49　長生きして欲しいと誰彼数へつつつひにはあなたひとりを数ふ　…　98
50　手をのべてあなたとあなたに触れたきに息が足りないこの世の息が　…　100
歌人略伝　…　103
略年譜　…　104
全作品一覧　…　110
解説　「河野裕子――詩型への揺るぎない信頼」――永田淳　…　112
読書案内　…　122

凡例

一、本書には、河野裕子の短歌五十首を載せた。
一、本書は、息子が読み解く河野裕子を特色とし、作品の鑑賞に重点をおいた。
一、本書は、次の項目からなる。「作品本文」「出典」「鑑賞」「脚注」「歌人略伝」「略年譜」「筆者解説」「読書案内」。
一、テキスト本文は、各々の歌集に拠り、振り仮名も原本の歌集通りとした。
一、鑑賞は、一首につき見開き二ページを当てた。
一、河野裕子の「歌集」一五点については他の著書とともに「全作品一覧」として巻末に紹介した。

河野裕子

01

逆立ちしておまへがおれを眺めてた　たつた一度きりのあの夏のこと

【出典】第一歌集『森のやうに獣のやうに』（昭和47年〈一九七二〉）薔薇盗人

第一歌集の開巻第一首目である。逆立ちをした「おまへ」が「おれ」を眺めていた、それはもう二度と戻ってこない夏の日の出来事ではあるけれど。若さが前面に出た感傷が「たつた一度きり」に表れていよう。

女性が自身を「おれ」と言い、相手の、おそらく男性を「おまへ」と呼んでいることになる。最近でこそ呼称のユニセックス化が進み、女子高生が自らを「ぼく」と呼ぶことに違和感を感じなくなってきたが、歌集が刊行された昭和四十七（一九七二）年当時では相当に強烈な、鮮烈な印象を読者に与えたに違いない。当時の青春歌の記念碑的一首。

＊『森のやうに獣のやうに』―第一歌集。巻末「全作品一覧」参照。

逆立ちをしながら「おれ」を眺めるというやや突飛な行動をする「おまへ」は十代半ばまでだろう、当然「おれ」も同年代であったはずだ。

実はこの歌には発想の原点となった「おれたちの夏」と題された河野の自作の詩がある。以下抜粋してみる。

「子ガニの行列が／おれたちの股のトンネルを／どっとこどっとこ通っていった（中略）ガラス玉の中から／おれはおまえを見ていた／おまえは逆立ちして／おれを眺めていた」

河野が高校時代に神経を病み一年間休学*していたときに書いた詩である。小学校の頃に「おまえ」と近所の川で遊んだ思い出が綴られ、掲出歌に含まれるモチーフはすべてこの詩に入っている。ここで注意したいのは「ガラス玉の中から」である。つまり、ビー玉か何かを覗いたら相手が倒立像で見えた、だから「逆立ち」だったのだ。ただ、実景として捉えても何ら問題ない。

こういった種明かしはせっかくの歌の魅力を削ぐことに繋がるかもしれない。しかし、そういった事実があったことを踏まえておくことも大事だろう。六七五八七の破調、一字空け、三句目の舌足らずな言い回し、そして完全な口語文体。戦後生まれ歌人を鮮烈に印象づけた一首といえる。

＊高校三年の七月より休学。

02

青林檎与へしことを唯一の積極として別れ来にけり

【出典】第一歌集『森のやうに獣のやうに』（昭和47年〈一九七二〉）青林檎

別れ際に青林檎を恋人に渡したことだけが、たった一つの積極的な行為であった。一首の意味はこんなところである。

この一首、二句から四句にかけての「与へしことを唯一の積極として」にある「〜を〜として」の歌にしてはかたい表現、そして結句の完了＋過去の助動詞「にけり」の使われ方に、ただならぬ気配が感じられるのである。「唯一」「積極」といったかなり硬質な言葉の選びも、そういった印象を強めてもいよう。

事実、この一首を含む「青林檎」[*]一連には「陽にすかし葉脈くらきを見つめをり二人のひとを愛してしまへり」「われよりも優しき少女に逢ひ給へと

*この一首にヒントを得た短編漫画『積極―愛のうた―』

狂ほしく身を闇に折りたり」といった歌が見える。「二人のひとを愛して」しまったがゆえに、片方を諦めねばならなかった、それが掲出歌の「別れ」である。その別れた相手に「優しき少女に逢ひ給へ」と祈る。つまり相手を振ったのである。青林檎という青春のきらめきのような瑞々しい素材が、一首にある種の清新さをもたらしている。

　この一首の前後には「マタイ」*や「ナザレ」*「ヨブ記」*といった聖書に材を取った歌もあることから、林檎をエデンの園の禁断の果実と捉えることも可能だろう。まだ熟す前の青い林檎であった、というのも未熟な、未完の恋を彷彿とさせる。その象徴的な林檎を手渡す、つまりは放棄する、それは無垢なる恋からの脱却と読んでも大きく間違ってはいないだろう。あるいは遠く島崎藤村の「初恋」の影響も読み取れようか。

　唯一の積極とは一体何だったのか。別れ話を持ち出したのは河野であったと考えれば、別れ話も「積極」になるだろう。しかしこの時おそらく、河野は何も言わなかった。ただならぬ気配を察した相手から別れ話を切り出されたのではないか、それにただ頷いて林檎だけを差し出している河野、そんな場面を想像するのはどうだろうか。

（谷川史子著）がある。

＊「マタイ」―イエス・キリストの十二使徒の一人。

＊「ナザレ」―イスラエル北部の都市。イエスが育った地。

＊「ヨブ記」―旧約聖書一八書。紀元前四〇〇年頃成立。ヨブを主人公とする物語。神の造った世界に悪と苦難が存在するのは何故かを述べる。

03

たとへば君　ガサッと落葉すくふやうに私をさらつて行つてはくれぬか

【出典】第一歌集『森のやうに獣のやうに』（昭和47年〈一九七二〉五月）青林檎

たとえばそこに居る君でもいい、誰でもいいから、駆け落ち同然に、乱暴に私をさらって行ってくれないだろうか、落葉を掬うように軽々と——意味としてはそんなところである。

初句の出だしが特に印象深い。「たとへば君」*といった場合、それは特定の一人を指すのではなく、何人もいる中からランダムに選び出す、譬えるなら女王が数多いる召使いの一人を指名するような、そんなイメージが読者に最初に植え付けられる。さらに結句の「くれぬか」といった芝居がかった言葉選びも、一首にそうした雰囲気を与えている。

＊死後、エッセイ集『たとへば君—四十年の恋歌』（永田和宏との共著）がある。

しかし誰でもいいわけではもちろん、ない。先の青林檎の一首と同じ「青林檎」一連に収められるこの一首は、「二人のひとを愛して」しまった河野自身の、自分では決めきれない恋の行方を、相手に委ねているのだ。

表面上はあくまでも横柄な、映画のヒロインの台詞のような表現ではあるが、その実くよくよと思い悩む少女像が一連からは透けて見える――かなりコケティッシュな一首といえよう。

男の立場としてこのように歌われたらどうだろうか、反発する向きも当然あるだろう。しかし、弱さを抱えながらも気丈に振る舞う女性の姿に大方はほだされるのではないだろうか。

一首は六六六七七とかなり変則的な破調*となっている。初句のあとの一字あけによる休止を差し引いても、全体に急迫したリズムとなっていることが声に出して読んでみると諒解されるだろう。この性急さも緊迫感を与えることに成功している。試みに二句三句を「ガサッと落葉をすくふやう」と七五の定型にしてみると、途端に間の抜けた感じになるのが分かる。

旧仮名遣いだと拗音促音は並み字で表記するのが通例であるが、「ガサッ」の「ツ」が小さくなっていることも指摘しておきたい。

＊破調――短歌や俳句で決まった音律をはずすこと。

04

夕闇の桜花の記憶と重なりてはじめて聴きし日の君が血のおと

【出典】第一歌集『森のやうに獣のやうに』（昭和47年〈一九七二〉）桜花の記憶

歌壇の芥川賞とも言われる角川短歌賞を戦後生まれの歌人で初めて受賞したのが河野裕子であった。その一連五〇首のタイトル「桜花《おうか》の記憶」の表題歌となったメモリアルな一首である。

夕闇の中に咲き乱れる桜と、初めて君の血の音、つまりは心音、を聞いたこととが重なって思い出される、一首はそう言う。結句の「君が血」の「が」は「の」と同じ働き。初めて心音を聞くとはつまり、初めて抱擁されたということである。刻々と暗くなってゆく春の夕べの、狂おしいほどの桜の下で、初めて恋人に抱き締められ、その胸に耳を押し付けて聞いた血流の音。三句目の「重なりて」には記憶がオーバーラップするというだけではなく、身体的な、物理的な重なりといった意味も含意されているだろう。

夕闇の桜は瞬間的にその時の抱擁、そして心音が思い起こさせるのだ。それはまた逆に、抱き締められたという甘やかな体感を思い出せば決まって、*逢《おお》魔《ま》が時《とき》の妖艶な桜が記憶の底から湧いてくることをも読者に想像させる。

四句目まではほぼ定型をまもって作られている。ただ、結句が「日の君が血のおと」と九音の大幅な字余りとなっている。この結句、「日の」を削ってしまっても歌の意味は大きくは変わらないが、敢えて破調にしてまで入れた「日の」は何だったのだろう。その後、何度も君と抱擁を交わし、彼の胸に耳は当てている。しかし、初めて聞いたその「日の」、その血の音だけは特別で新鮮なものであった、そのことを強調するために敢えて破調にしてまで「日の」をいれたのだ。

「五十首の歌を、出せる限りの力を出して作ってみようと思いたったのはなぜだろう。（中略）それは、当時進行しつつあった恋愛の昂揚感と、不安の中からきざしたものであったということだ。ありきたりのことばで言ってみれば、青春の証が欲しかったのだろう。」と後に当時を回想している。*

＊逢魔が時―オオマガトキ（大禍時）の転。禍いの起こる時刻の意。夕方の薄暗い時。たそがれ。

＊エッセイ集『桜花の記憶』

05

ブラウスの中まで明かるき初夏の日にけぶれるごときわが乳房あり

【出典】第一歌集『森のやうに獣のやうに』（昭和47年〈一九七二〉）ゆふがほ

時は五月、それまではまだ肌寒い日もありカーディガンなどを羽織っていたがもうその必要もない。ブラウス一枚で出歩ける気候となった。薄手の白いブラウス一枚で初夏の日の下を歩いていると、身体まで軽くなったように感じられる。日の光はブラウスの中までも明るめていることだろう。しかし、私の乳房だけはそんな陽気とはうらはらにかすんでいるような気がする。四句目の「けぶれる」は「煙れる」「霞れる」つまり、靄《もや》がかかったように霞んでいる、といったところか。三句目の「初夏」は短歌では「はつなつ」と訓むことが多いが、「はつなつ」では定型とならないために、ここでは「しょか」

と訓む。

「ブラウスの中まで」の「まで」が効いている。「ブラウスの中の明かるき」だと、中だけが明るいというどこか内向的に逼塞《ひっそく》していく歌になってしまうが、「まで」と歌われると内も、そして外も晴れ渡っている、外の世界に広がっていくような印象を与える。

そんな中で唯一、「わが乳房」だけが煙っているのである。

この時、河野は二十代前半、おそらく自身の中の「性」に対して、うまく折り合いがつけられていなかったのではないだろうか。「けぶれる」は自身の内面や心情のことを抽象的に――たとえば晴れ晴れとしない憂鬱な気分やアンニュイを*――表現しているだけではないだろう。もっと即物的に「乳房」そのものが煙っていると歌っているようにも思える。本人は、「今刈りし朝草のやうな匂ひして寄り来しときに乳房とがりゐき」という同歌集巻末近くにある一首を引きながら「いずれも、実際に見られた即物的な乳房なのではない。自分の乳房を、けぶり、とがっていると実感しているのは女の官能である。」(「乳房とがりゐき」『どこでもないところで』所収)と回想しながら綴ってもいる。


*アンニュイ(仏 ennui)―退屈。倦怠感。

06

しんしんとひとすぢ続く蟬のこゑ産みたる後の薄明に聴こゆ

【出典】第二歌集『ひるがほ』（昭和51年〈一九七六〉）八月尽

第一子、つまり筆者であるが、を出産した際の一首である。陣痛と出産の痛みに必死に耐えたあとの未明、耳の奥底にまで届くような一条《ひとすじ》の蟬の鳴き声が聞こえてきた、改めて解釈するとこうなるだろうか。筆者は、暦の上ではすでに秋、晩夏の八月二十日生まれである。まだ暑い盛りとはいえもう夏も衰えを見せ始めた時期、蟬も油蟬や熊蟬などから法師蟬や蜩《かなかな》*にかわっていたことだろう。ここで聞こえていた蟬の声はカナカナ、つまりは蜩ではなかったかと思う。このしんとした歌の雰囲気は、油蟬や熊蟬といった騒がしい蟬の声とは相容れない。

*蜩―夏から秋にかけ、夜明けや日暮れに高く美しい声で「かなかな」と鳴く。「かなかな」とも。体長4セン

また「産み終へし母が内耳の奥ふかく鳴き澄みをりしひとつかなかな」（『森のやうに獣のやうに』）の一首が先にあることも、蜩であると考える大きな理由の一つである。河野の母・君江*が河野を生んだのは七月二十四日、こちらは盛夏である。河野は類似した出来事に特定の同じモノを結び付ける傾向が強い。

「しんしんと」がいかにも遠くから細く繋がる声のように感じられ、それはつまり、綿々と続いてきた子を産み育てるという営為を、そして祖先から受け継いできた血脈をも思わせるようである。

エッセイ「しんしんとひとすぢ続く蜩のこゑ」（『桜花の記憶』所収）の中で、枕元の母が「蜩は鳴いていない」と言ったことを記している。

結句の「聴こゆ」であるが、これはやや破格な使い方であろう。「聴く」は本来、能動的な場合に使用する。この一首の場合は「きこえてきた」と受動的な意味合いであるから、本来なら「聞こゆ」が正しいだろう。

河野最晩年の歌にこの一首に呼応する「子を産みしかのあかとき*に聞きし蜩いのち終る日にたちかへりこむ」（『*蟬声《せんせい》』）がある。死に近い自分が子供を産んだ時のことを、そしてこの一首を思い出して歌ったのだろう。

チくらい。体は褐色で緑や黒の斑紋があり、翅は透明。

*河野君江―大正十三年熊本生まれ。歌集に『七滝』『秋草抄』がある。平成二十年没。

*あかとき―暁。「あかつき」の古形。

*『蟬声』―遺歌集。（二〇一一年青磁社刊）

07

君は今小さき水たまりをまたぎしかわが磨く匙のふと暗みたり

【出典】第二歌集『ひるがほ』〈昭和51年〈一九七六〉〉森の時間

台所で匙を磨いていたら、ふとその表面が陰った。ちょうど同じタイミングで君がいま、水たまりをまたいだのではないかということがその刹那、直感的に閃《ひらめ》いた。いま手許にある匙と、遠くで君がまたいでいるであろう水たまりとの空間を超越した連想のつながり、突飛でありながらも有無を言わさぬ説得力を一首は持つ。陰ったのは磨かれてピカピカに光った銀の匙の凹面側でないと、水たまりのあの雰囲気は出ない。また陰ったのも、それまで差していた陽が雲に隠れた、といった現実的な解釈だとこの歌の不思議な魅力は伝わらない。一首のモチーフの源はそこらにあったのかもしれないが、なにかの拍子にふと、匙の表面を黒い影が過ぎった、ほどの感覚で捉えたい。

河野はこの時、夫である永田和宏*と共に住み馴れた関西を離れ横浜で暮らしていた。親元を遠く離れ、乳飲み子を抱えた日々の生活で頼れるのは「君」一人しかいない。そういった心細さや不安も、「ふと暗みたり」といったやや不吉な結句から読み取れるのではないだろうか。

この時期の河野は葛原妙子*の影響を強く受けていたようで、例えば「他界より眺めてあらばしづかなる的となるべきゆふぐれの水」(『朱霊』)や「いまわれはうつくしきところをよぎるべし星の斑のある鰈を下げて」(『葡萄木立』)といった歌に、字句を借用しただけにとどまらない類似性を見ることができる。『朱霊』の一首からは超越的な視点といったものと、「ゆふぐれの水」(解釈は割れるだろうが、水たまりととることも充分に可能だ)とを合わせる方法を、『葡萄木立』の一首からは語順、「君」と「われ」の違いはあれど初句の入り方、そして厨的な材(匙と鰈)と「またぐ」「よぎる」といった似た動作の組み合わせの妙などを模倣しているように思える。

そしてまたこの一首からは、離れていても常に「君」を思っている、身を案じていることが強く感じられる。

＊永田和宏—一九四七年滋賀県生まれ。細胞生物学者。京都大学名誉教授、京都産業大学タンパク質動態研究所所長。歌人として宮中歌会始詠進歌撰者。「朝日新聞」の歌壇の選者もつとめる。紫綬褒章、ハンス・ノイラート科学賞受賞。『生命の内と外』『近代秀歌』など著書多数。「塔」の前主宰。〔41〕参照。

＊葛原妙子—歌人。一九三九年『潮音』入社、太田水穂に師事。『葡萄木立』(一九六三)、『朱霊』(一九七〇)にて第五回迢空賞受賞。変幻自在の作風により「現代の魔女」と呼ばれる。八一年雑誌「をがたま」を創刊。(一九〇七—一九八五)

08

土鳩はどどつぽどどつぽ茨咲く野はねむたくてどどつぽどどつぽ

【出典】第二歌集『ひるがほ』（昭和51年〈一九七六〉）土鳩

一首の意味はまことに簡潔明瞭である。土鳩《どばと》が「どどつぽどどつぽ」と啼いている、茨《いばら》の咲く野原は眠たいよ、ただそれだけである。土鳩は街中でふつうに見かけるごく一般的な鳩である。また茨はこの場合、ノイバラ、つまり小花を付ける小さな野の薔薇である。

二回出てくる「どどつぽどどつぽ」は、『現代短歌朗読集成』*で河野が実際に朗読しているのを聞くと「どどっぽどどっぽ」と促音で発音している。

ノイバラの咲く春の終わりごろの、おそらくは昼下がり、野原に鳩が啼いている、なんとも眠たくなる風景だが、一首の表記もひらがなが多用されて

＊『現代短歌朗読集成』―耳で聴く短歌文学一〇〇年の詞集（岡野弘彦［ほか］監修・解説　二〇〇八年　同朋舎メディアプランCD版）

いて視覚的にも、また発声して読んだときの揺蕩《たゆた》うようなリズムもなんとも眠気を催す一首である。

また四・六・五・七・六音という破調となっている。「たとへば君〜」の一首のように初期から破調の歌は多く見られるが、それら衝迫をそのまま言葉にした破調とは違い、これなどは随分とのんびりした口調となっている。

この一首をはじめとし、河野の歌には独特なオノマトペ*の歌が非常に多い。第一歌集『森のやうに獣のやうに』ではこういった特殊なオノマトペはあまりないのだが、この第二歌集『ひるがほ』から徐々に増えてくる。

一例を挙げてみると、こんな具合である。「びろびろと臆面もなき耳ふたつ今日幾人にさらし来しかな」「しんきらりと鬼は見たりし菜の花の間《あはひ》に蒼きにんげんの耳」（以上『ひるがほ』）「触れざればただの男よ夕日《ひ》に透きていらいらひりひりと蟬が鳴くなり」（『はやりを』*）「梅酢甕のぞきゐるときヒヒヒと心霊波のやうに来ぬ妙な感じが」（『紅』*）「ちよちよとこゑするやうに降りてくる雪のさびしさが二月はわかる」（『体力』*）とすぐに何首も拾うことができる。先駆的に、そしてかなり実験的にこれらオノマトペを作り上げていった跡が見える。

*オノマトペ―擬声語。擬態語。擬音語。

*『はやりを』―第四歌集（一九八四年　短歌新聞社刊）

*『紅』―第五歌集（一九九一年　ながらみ書房刊）

*『体力』―第七歌集（一九九七年　本阿弥書店刊）巻末「全作品一覧」参照。

09

たつぷりと真水を抱きてしづもれる昏き器を近江と言へり

【出典】第三歌集『桜森』（昭和55年〈一九八〇〉）人も居ぬ鳥も居ぬ

河野裕子の全歌業を見渡しても一番の代表歌であり、もっとも人口に膾炙している一首といえるだろう。第三歌集『桜森』巻頭を飾る一首でもある。代表歌たらしめている大きな要因は、歌われている景の大きさ、声調の豊かさ、そして格調の高さなどが挙げられようか。

満々と水を湛えた琵琶湖を懐ふかくいだきながら、昏《くら》くしずもっている器を近江――つまりは滋賀――というのだよ、と一首は言っている。

時折、昏き器＝近江＝琵琶湖とする解釈を見かけるが、それではこの歌の持つスケール感がずいぶんと矮小化されてしまい惜しい。ここは近江が琵琶湖をゆったりと抱いているイメージで捉えたい。実際、「この歌で私は、「近江」を、ひらがなで「あふみ」と書きたくなかった。必ず「近江」でなければならなかった。／「近江」を琵琶湖と読まれたくなかったからである。」（「作歌の文字遣い」『どこでもないところで』所収）と書いている。

また結句の「言へり」であるが、作者だけが「器を近江」と呼び習わしていると読んでしまうと途端につまらなくなってしまう。この「言へり」と発語している河野の背後には、琵琶湖を抱えた近江を古来より「あふみ」と呼びならわしてきた数知れない人々の思いも籠められているのではないか、そんな重層性のある「言へり」だと私は思っている。

この一首が作られた当時、河野は夫の永田和宏の仕事の関係で東京に住まいしていた。幼い頃より大学を卒業して結婚するまでを過ごした滋賀県石部*町、その慣れ親しんだ湖国の自然から遠く隔たった環境となり、なかばノイローゼのようになっていたと回想している。そんな状況であったからこそ、琵琶湖そして近江への思いは募っていったのであろう。

真水を羊水、昏き器を母胎の象徴と捉えた解釈をされることもしばしばあり、岡野弘彦*は同歌集の出版祝賀会でのスピーチで「昏き女体を近江と言へり」と間違って引用したことを回想している。*

＊石部―滋賀県中南部、甲賀郡にあった旧町名（石部町）。現在は湖南市を占める一地区。名称は古代地名に由来。近世は東海道の宿場町として栄えた。

＊岡野弘彦―一九二四年三重県生まれ。代々、神主の家柄。国学院大学国文科卒。一九四六年、釈迢空（折口信夫）の鳥船社に入会。四七年より五三年の折口の死まで生活をともにし、指導を受けた。五七年香川進の「地中海」に入会。六七年、第一歌集『冬の家族』を刊行。七三年「人」を創刊。七八年に『海のまほろば』、八七年『天の鶴群』を刊行。九三年「人」を解散。九九年に個人誌『うたげの座』を創刊。

＊短歌雑誌「塔」―二〇一一年二月号「河野裕子を偲ぶ会記録号」

10

君を打ち子を打ち灼けるごとき掌よざんざんばらんと髪とき眠る

【出典】第三歌集『桜森』（昭和55年〈一九八〇〉）海を抱く

河野の歌が「体当たり的」と呼ばれる嚆矢《こうし》ともなった一首である。

夫婦喧嘩であろうか、夫の横っ面をはたき、言うことを聞かぬ幼い子供たちを打擲《ちょうちゃく》した掌、そのジンジンと火照《ほて》った掌でもって髪を梳かして眠る。一首の意味としてはこんなところだ。「掌」は「て」と訓む。

かなりの衝撃力を持った歌と言えるだろう。発表当時、フィクションかどうか、といった議論もなされたようであるが、これはリアルであると息子である私は断言できる。実際、よく褒められもし叱られもしたものだ。手を上げられたことも一度や二度ではない。

とにかく四句目までにかなり強い言葉が並ぶために、読者は圧倒されてしまう。「君を打ち子を打ち」は橋田壽賀子*のドラマに見るようなインパクト勝負といった趣もあり、私自身は積極的には肯定しない部分である。続く「灼けるごとき掌」であるが、打った相手と等分の痛みを自らの掌でも受け止めている自身がここで表される。痺れまで伝わってきそうな強い比喩ではあるが、少しの悔恨も読み取れるだろうか。しかしまた翻って、自らの造語である威勢のいいオノマトペ「ざんざんばらん」へと一首は展開していく。この音感も半ば自棄になって梳いているような感じが伝わっていい。

　四句目まではこのようにグイグイと押していくような語を並べながらも、起伏が見出せよう。そして結句に至って一転、それまでの勢いのよさとは段違いな、淑《しと》やかな御髪《みぐし》を梳《くしけず》るがごときイメージでもって一首がとじられる。

　つまりこの一首は「子を打ち」までの高いテンション、「灼けるごとき掌」の低いテンション、「ざんざんばらん」のまたもや高いテンション、そして結句の低いテンションと、二回も波がある歌と言えそうである。

　同時期には「頬を打ち尻打ちかき抱き眠る夜夜われが火種の二人子太る」などといった歌も多く作られるようになっていた。

＊橋田壽賀子――脚本家、劇作家、タレント。一九二五年京城府生まれ。大阪府堺市出身。一九四九年松竹に入社、脚本部に配属される。テレビドラマ「渡る世間は鬼ばかり」「おしん」他。

11

子がわれかわれが子なのかわからぬまで子を抱き湯に入り子を抱き眠る

【出典】第三歌集『桜森』（昭和55年〈一九八〇〉）駱駝にあらず

第一、第二歌集の半ばまでは主に「君」すなわち恋人、のちの夫、が作歌モチーフの多くを占めていたが、子供が生まれてからは夫に伍してあるいはそれ以上に子供たちが多く歌われるようになる。河野が家族を愛した歌人と言われる所以である。もっとも、幼い子を抱えた女性歌人の多くは子の歌をメインに作るものであるが、河野の場合、終生子の歌を作り続けたからこそ、そう呼ばれるのだろう。

一首に難解なところは何もないだろう。自分が子供なのか、子供が自分なのか判然としなくなるまで、来る日も来る日も子の面倒をみている。入浴、眠る以外にも子を抱くシーンは、例えば買い物に行く、あやす、散歩に連れ出すなど数知れずあった筈だ。しかし、敢えてこの二つの行為を取り出して歌ったのは、やはりその距離感の近さからだ。

お互いが裸で触れ合う、あるいは共に寝る、そういったごく近い、言ってみればまだ胎《はら》に宿していたころのような密接な状態であるからこそ、子と渾然となってしまうのだ。

一首には四回も「子」が出てくる。その他にも「か」「が」「き」などのK音が頻出し、かなり機械的な硬質な音感になりそうなところであるが、「われ」「われ」「わか」の「わ」がかなり中和してくれているようでもある。またこれらが「我」「分か」などの漢字ではなく、仮名にひらかれていることも、見た目の上で一首に柔らかい印象をもたらしている。

私がこの一首でも最も注目するのは三句目である。わずか一音の字余りであるが、ここが相当まどろっこしく、韻律が渋滞するのだ。たとえば「わからぬほど」とすると、もうすこし音感はよくなろう。しかしこれではサラッと流れてしまうのだ。「わからぬ・まで」の「ぬ」のN音から「ま」のM音へ続く粘り気がこの一首を際立たせているように思っている。

12

しらかみに大き楕円を描きし子は楕円に入りてひとり遊びす

【出典】第三歌集『桜森』（昭和55年〈一九八〇〉）ひとり遊び

歌われている対象が誰であるかを特定することは、一首を鑑賞する上で必ずしも必要なことではない。しかし知っていればより鑑賞の幅は広がるであろう。この一首は娘・紅《こう》のことを歌っている。作歌時期から推して紅が三歳ぐらいの時である。

「しらかみ」は「白紙」つまり白い紙である。三歳児が座り込めるぐらいであるからA3か、さらにおおきな画用紙であろうか。そこにクレヨンかなにかで描くおおきな楕円を描いて、その中に座り込んでひとり遊びをしている。

下の子が三歳で、ハサミを使い始めたばかりの頃のことである。晩秋の夕ぐれのことで部屋はもううす暗かった。四畳半の部屋中に新聞紙の切りくずが散乱し、もう随分長いこと、シャキシャキというハサミを使う音ばかりがしていた。(中略)ただただ一心に紙を切っているのである。呼んでも振り向く様子ではなかった。熱中。(「ひとり遊び」『＊たったこれだけの家族』所収。)

この一首の背景を説明した文とは限らないが、河野はひとり遊びが好きであった。このエッセイも、歌作りはよそ目には遊びとしか見えないとして「無駄なもの、何でもないものの中に価値を見つけ出しそれに熱中する。ひとり遊びの本領である。」と括っている。

自らも幼い頃、ひとり遊びに熱中したからこそ、子が一心不乱に遊んでいるところを邪魔したくない、そんな思いであろうか。

三歳児が意識していたとは到底思えないが、子が自らの周囲に＊結界《けっかい》を築くごとくに楕円を描いた、というのもどこか神秘的である。その楕円の中は、不可侵な領域であって、親であろうと容易に立ち入ることは出来ない。それまでは自他が不可分な、一心同体のように育ててきた子が、少し自らの手を離れてしまった、といった寂しさもあるいはあったのだろうか。

＊エッセイ集、巻末「全作品一覧」参照。

＊結界――仏語。修行や修法に障害のないように、特定の作法によって、一首の聖域を区切ること。

13

菜《な》も魚《な》も肴《な》素材いろいろ楽しくて男らに背を向け流しに向ふ

【出典】第四歌集『はやりを』〈昭和59年〈一九八四〉〉うさぎうま

一首、非常に楽しげである。

やはりとりわけ目を引くのが初句の「菜も魚も肴」であろう。本来「な」とは副菜を意味し、「酒」＋「な」で「さかな」であった。「魚」も食用とされるものはもとは「な」であり、酒のつまみに給されることが多かったことから次第に「さかな」へと転じていった。「菜」「魚」「肴」をいずれも「な」と発音することをあらかじめ知っていてこの一首を作ったのではない、と私は思っている。なにかで得た知識をすぐにでも使ってみたい、そんな思いが投げ出すような初句にあるように思えてならない。

男達が大勢、その多くは歌人仲間である、家を訪れて酒盛りを始めている場面である。彼らに背を向けて一人、酒の肴になりそうな料理を拵えている。野菜もあれば魚介、その他もろもろの素材を扱っていると嬉しくなってくる、そんな心踊りもあるようだ。

ひとに料理を作って食わせるのが趣味のようでもあった河野の、面目躍如たる一首でもあろう。

背後では夫も含めた歌人連中が談論風発、がやがやと盛り上がっている。時あたかもフェミニズム運動が勃興し始めた頃でもある。女も男に負けずに議論し、社会進出を果たすべしという風潮が歌壇でも主流を占め始めていた。

しかしそんな情勢には背を向けて、自身は家刀自《*いえとじ》として飯を作って食わせることに生き甲斐を感じてやっていく、そんな風にも読めるだろうか。ただ視線は手許にありながらも、耳は背後の議論の行方を追っているようでもある。

短歌の入門書には「嬉しい・楽しい」の感情語はなるべく使わない、と書かれるのが通例である。この一首の場合は、自身が楽しいのではなく、素材が楽しんでいる、と言っている。感情を表現する言葉も使いようである。

＊家刀自――「とじ」は女性の尊称。主婦。内儀。いえとうじ。

14

暗がりに柱時計の音を聴く月出るまへの七つのしづく

【出典】第四歌集『はやりを』（昭和59年〈一九八四〉）母郷

河野が一家で京都から実家*に移った頃の一首。季節は秋、夜の七時前ともなるとさすがに辺りはもう暗くなっている。この一首の直前に「むかしむかし涼しき音をよろこびし時計の下に宵のうたた寝」とあるから、夕方に灯りも点けずにふと寝てしまっていたのだ。そこに突然、ボーンボーンという柱時計の音が涼しく響いてきた。七回聞こえたそれは、もしかするとこれから上ろうとしている月の雫《しずく》ではないか。意味はそんなところである。

この一首を含む一連「母郷」には「子の友が三人並びてをばさんと呼ぶからをばさんであるらし可笑し」といった歌が見られるように、この頃の河野

＊実家—滋賀県甲賀郡石部町。〔09〕参照。

は現実の中に潜む面白みや興を積極的に取り上げ、題材とすることが多くなっていた。そんな中にあって、掲出歌はかなり異質な一首と言える。

河野は歌にするときに言葉を大きく飛躍させはするが、基本的には自らの実感、見たものや感じたことを忠実に歌う傾向があり、この姿勢は終生変わらない。しかしこの一首は現実をかなりデフォルメした作りになっていよう。時計の音を雫に見立てるようなファンタジックな想像を働かせた歌は、これ以外にはほとんど見られないと言ってよい。また例えば「暗がりに柱時計を七つ聴く月出るまへのしづくのごとし」だとわかりやすいが、掲出歌は時計が七回鳴ったとも言ってはいない。そのようなある種の不安定さも一首に不思議な魅力を与えているだろう。河野は小川未明*のような童話作家になることを幼い頃より夢見ていた。あるいはそんな願いから来る空想がこの一首をもたらしたのかもしれない。

似たような時計が鳴り出す歌に「鳩時計ゆるく鳴り出づ熱病む子の赤き薬を溶きつつをれば」（『ひるがほ』*）の一首もあるが、こちらは素直な歌い方である。

＊小川未明―小説家、童話作家。新潟県生まれ。早大卒。本名、健作。未明は師の坪内逍遙がつけたもので、正しくはびめい。小説『薔薇と巫女』他、多数。ロマンチシズムとヒューマニズムにあふれた数々の童話を書いた。代表作『牛女』（一九一九）、『赤い蝋燭と人魚』（一九二一）、『野薔薇』（一九二二）。（一八八二―一九六一）

＊『ひるがほ』第二歌集（一九七六　短歌新聞社刊）
巻末「全作品一覧」参照。

15

朝に見て昼には呼びて夜は触れ確かめをらねば子は消ゆるもの

【出典】第五歌集『紅』（平成3年〈一九九一〉十二月）十月の近江の雨の

二人の子供が小学校低学年の頃の一首である。

朝には目で見て（視覚）、昼には声で呼んで（聴覚）、夜には手で触れて（触覚）、そうやって存在を確かめ続けていないと、子供はいつしか消えてしまうものだよ。一首はそう言っている。

短歌がもう少し長い詩型だったなら、さすがに味わうことは出来ないが、きっと嗅覚に関する句もどこかに入れたかったのだろうと思う。そうして五感をフル活用しながら、子供と接していこうとする姿勢が十全に表れた一首といえるだろう。

子供が二人とも小学校に入ってしまった、ということの焦慮《しょうりょ》がどこかにあったのかもしれない。子供たちを保育園に預けていた頃（私たち兄妹は二人とも保育園育ちである）は、まだ自らの目の届く範囲、庇護の下にあるといった感が強かったはずである。朝は保育園に送って行き、帰りも迎えに行く。それからはずっと一緒の時間を過ごすことになる。ところが小学校に入った途端に、登下校は子供たちが自分でしてしまう、学校から帰ってきたらすぐにどこかへ遊びに行ってしまう。

「消ゆるもの」と言ってはいるが、実際に消えてしまうとは思っていない。ただ、急速に行動範囲を広げていく子供たちがどんどんと手を離れていってしまい自分だけが取り残されてしまう感覚、その心許なさが結句の表現となって表れた。

三句目までは「見て」「呼びて」「触れ」と歯切れのよい非常に軽快なリズムで紡がれるが、四句目が「をらねば」とかなり粘り強く歌われるのも一首に屈折を与えている。

この一首、子供のネグレクト*などが悲惨な事件につながった翌日の新聞の一面コラムなどでしばしば引用される。

＊ネグレクト――無視すること。ないがしろにすること。児童虐待の一形態。育児放棄。

16

日本人が日本人がといふ自意識に私やせるなよ言葉やせるなよ

【出典】第五歌集『紅』（平成3年〈一九九一〉）母国語

一九八三年夏、河野は子供二人を連れて先に渡米*していた永田の待つアメリカへと渡った。

滞米期間は約二年であったが、その間の歌は意外に少ない。それはひとえに初めての海外経験に作歌の上で対処しきれなかったこと、そして短歌という詩型が日本という風土に深く根ざしていることに改めて気付いたからではないだろうか。また当時はいまのようなインターネットやファックスなどもなく、新聞や雑誌などからの依頼が少なかったということも考えられる。そんな中で、京都新聞に毎週の連載もし、英会話クラスにも通い、現地の運転

*渡米――一九八四年五月、永田和宏のNIH（アメリカ国立衛生研究所）への留学に伴い、同年八月、子供たちと渡米。八六年五月帰国。

免許も取得した。

さて掲出歌である。自らが「日本人だ」という自意識に私、そして私の話す・書く・思考する日本語が痩せるな、と励ます自己励起《れいき》の歌でもある。

河野は表現したいことがあると定型の箍《たが》をかなり外して、一気呵成に言いたいことを言ってしまうところがある。この一首なども正しくそうなのだが、六・九・五・八・八という大幅な破調となっている。しかし、実際に読んでみると、下の句はやや破綻しているが、意外に破調な感じはしない。この下の句「やせるな」とすれば七音になるのだが、わざと「よ」を付したのは、励ましもしながらどこかで自らを宥《なだ》めているようなところもあるだろうか。

「日本人が」の「が」が効いている。これが「だ」だと駄目だ。「が」には「私がわたしが」に似た積極的な自意識が含まれてしまう。異国で、しかも白人からは劣等と見られる黄色人種として、過剰な強がり、虚勢でもあったろう。そんな自意識が脆《もろ》くも儚《はかな》いことは分かりすぎるぐらい分かっているものの、持たざるを得ない、そんな歯がゆい思い。そして「私」だけでなく、表現者として「言葉」にまで痩せるな、と言っている。同じ頃の歌に「ひらがなでものを思ふは吾一人英語さんざめくバスに揺れゆく」（『紅』）などもある。

17

いつしんに包丁を研いでゐるときに睡魔のやうな変なもの来る

【出典】第五歌集『紅』（平成3年〈一九九一〉）裏木戸

河野には包丁を研ぐ歌が十数首ある。全体から見たら決して多い数ではないが、それぞれの歌が印象的であるため、人々の記憶に残りやすい。自身が*家刀自《いえとじ》である、というテーマは河野短歌の一側面でもあり、それを支える*厨《くりや》歌《うた》としての包丁研ぎの歌であるが、『紅』に収録される数首が最初の登場である。掲出歌はその内の一首。

初句の「いつしんに」は「一心に」つまり、脇目も振らずに包丁研ぎをしているときに、睡魔に似た（しかし睡魔ではない）変なものが私を襲った。

単調な動作を集中しながら繰り返していると恍惚と陶酔していくことがあ

＊家刀自―27ページ脚注参照。

＊厨歌―台所（厨）での出来事や物に取材した歌。

るが、その陶酔感を「睡魔のやうな変なもの」と表現している。短歌ハウツー本ならこの表現、「睡魔」を「変なもの」という類似性のあるモチーフで譬《たと》えている、といった理由から忌避されるべき悪例とされそうである。

しかし初句から読んでくると、三句目まで一気に読める訳ではなく、二句と三句の間で僅かなブレスが入ることが分かる。そしてまた三句目で少しの間があるのだが、こうした二つの「矯《た》め」があるゆえに、「睡魔のやうな変なもの」という従来の短歌的修辞では肯定されないような抽象的な比喩が不思議と立ち上がってくるのである。一首のもたらすリズムの効果であろうか。

この直前には「包丁を研ぐのが好きで指に眼が付くまで研いで七本を研ぐ」があり、他には「包丁は指さき澄むまで研ぐものよ不意に刃先がなまぐさくなる」(『体力』)、あるいは「さいさいと包丁研ぎてゐたる日よ病気する前の心身一如」(『庭』)、「さびしさのどんづまりにて包丁を研ぐかの日の父がしてゐしやうに」(『母系』)といった歌も見られる。実際、河野は包丁を研ぐのが好きであったし、河野の父の如矢《ゆきや》も研ぎの腕前は一流だった。何かに行き詰まった時、砥石に刃をあてながら自らを励ましていたと読むのは深読みに過ぎるだろうか。

18

しっかりと飯を食はせて陽にあてしふとんにくるみて寝かす仕合せ

【出典】第五歌集『紅』（平成三年〈一九九一〉）犬の次郎

先に紹介した「朝に見て～」の一首とともに、河野の子育て短歌の双璧をなすと見なされる一首である。意味内容としてはどこも間違うところがない。しっかりとご飯を食べさせて、よく日に当てて干したふとんにくるんで寝かせるのが私の幸せであるよ、と言っている。

子育て短歌、と書いた。この稿に向かうまで私はこの一首を子育ての歌として疑わなかったが、よく見るとどこにも「子」とは書かれていない。おそらく多くの読者も子供に飯を食わせて、ふとんにくるんで寝かせている河野裕子像を思い浮かべながら読んでいることだろう。

これは河野裕子という文脈、つまり全身全霊をかけて子を産み、育てる歌人、自他の区別がなくなるほど子供と渾然一体となる歌人という文脈を無意識のうちに読み取り、この歌を解釈・鑑賞しているに過ぎないのだ。

短歌は基本的に一首を独立させて読む。前後の歌に依拠しなければ読解できないのでは、一首としての力が不足していると考えられがちである。

しかし歌集に収められたこの一首の前後は「いつしよくたに妻子《つまこ》を束ねて叱りつつ疲れし家長よしばし絶句せり」「良妻であること何で悪かろか日向の赤まま扱《しご》きて歩む」である。前の一首は夫を歌い、後の一首は妻である自らを歌う。この二首に挟まれた掲出歌の対象は、夫でなければならないのではないか。夫に飯を食わせて、寝かせるのが幸せである＝次の歌の良妻、一首独立という概念からはほど遠いが、そんな構図で読み取るべきではないか。

子育ての歌と読まれる理由は「食はせ」「寝かす」といった使役動詞によるだろう。大人にはこういった言い方は普通しない。しかし河野は常に「普通」を裏切り続けてきた歌人でもあった、ということも忘れてはならない。

こうは評したものの、一首を子育ての歌と読んで、鑑賞してもいっこうに差し支えないのである。

19

良妻であること何で悪かろか日向の赤まま扱《しご》きて歩む

【出典】第五歌集『紅』（平成3年〈一九九一〉）犬の次郎

歌集の中でも先の一首に続いて配されている。

日向に咲いている赤まんまをしごきながら、良妻であることがなんで悪いことがあろうか、いいことじゃないか、などと思いながら歩いているよ。一首の意味はそんなところである。

「赤まま」は赤まんま、イヌタデ*の別称である。秋に紅色の粒状の小さな花を密集して咲かせる。それをしごき取る、その行為自体に大きな意味はない、どちらかと言えば無意識に近い動作、取りあえずはそうとっておく。

この歌の作られる数年前「女・たんか・女」という、歌壇史上初めて女性

＊イヌタデ―タデ科の一年草。路傍に自生。高さ30cm内外。夏、茎上に5cmの穂状花序を出し、紅色の小花をつける。アカノマンマ。アカマンマ。

＊阿木津英―一九五〇年、福岡県行橋市生まれ。結社

歌人のみのパネリストによる短歌シンポジウムが行われた。参加者は河野の他に*阿木津英《あきつえい》、*道浦母都子《みちうらもとこ》、*永井陽子ら。

時あたかも一九八〇年代前半、ウーマン・リブやフェミニズム運動といったムーブメントが、世間から少し遅れて歌壇にも影響を及ぼし始めた頃であった。シンポジウムは阿木津や道浦らラディカルで先鋭的な論客と河野が鋭く対立したという。当時の歌に「排泄と出産を同列に論じ言ふその正しさにおいて道浦母都子」（『はやりを』）といった、河野にしては珍しくかなり攻撃的な歌も見られる。

掲出歌は河野がアメリカから帰国して後の一首である。シンポジウム（「女・たんか・女」の翌年、同様に女性ばかりの「歌うならば今」と題したシンポジウムも開催された）は渡米以前、と時間の隔たりはあるが、明らかにこのフェミニズム運動の流れを意識した一首である。

強烈な上の句に見逃されがちであるが、「赤まま」が意味の上での大きなウェイトを占める。赤まんま、すなわち赤飯。幼い頃にママゴトで赤飯に見立てて遊んだであろうイヌタデを下の句に据える。つまりは、良妻であることへの最大の讃辞をここで象徴させたのであろう。

「八雁《やかり》」主宰。本名は末永英美子。現代短歌にフェミニズム思想を導入し、女歌運動に影響を与える。

*道浦母都子―一九四七年、和歌山市生まれ。『未来』選者。早稲田大学第一文学部演劇科卒業。在学中の一九七一年短歌結社『未来』に入会し、近藤芳美に師事。学園闘争をテーマにした「無援の抒情」で現代歌人協会賞受賞。

*永井陽子―愛知県瀬戸市生まれ。一九六七年、県立瀬戸高等学校入学。その頃より古典に強く惹かれ、作歌を開始。詩、散文、短歌、俳句等の雑誌に投稿。短歌の選者は近藤芳美。その後「短歌人」に入会。歌集に『樟の木のうた』、『ふしぎな楽器』など、音楽に関連した言葉が特徴的。（一九五一―二〇〇〇）

20

身をかがめもの言ふこともはや無し子はすんすんと水辺の真菰《まこも》

【出典】第六歌集『歳月』（平成7年〈一九九五〉）UFO

屈みながら子供たちに話しかけることはもうないよ、子供はすくすくと育つ水辺の真菰*のようなものだよ。彼らはもう私の背丈を追い越していってしまったよ。

第六歌集『歳月』*の巻頭歌である。

一首を鑑賞する際はやはり声に出して読むべきで、この歌なども発声してみるとよく分かるのだが、M音、つまり「み、め、も、ま」といった音が三一音中八音も使われている。例えば結句を「池の辺の葦」などとしたところで意味はほとんど変わらないが、印象は全くちがってくる。この辺りの音感

＊真菰―イネ科の多年草。水辺に群生。高さ約1・5m。葉で筵《むしろ》を編む。カツミ。コモクサ。

＊『歳月』―巻末「全作品一覧」参照。

のセンスが河野裕子を「言葉派の歌人」と呼ばしめる所以でもあろう。M音にはどこか気怠いような、纏わりつくような感覚がある。

歌集の巻頭歌にはやはりメッセージ性が強い歌を配するのが普通である。そうして考えるとこの一首は、それまでの「子がわれかわれが子なのか〜」の一首に見るような母子一体となったような子育ての歌からの脱却、そんなマニフェスト的な一首ともいえる。

初句の「身をかがめ」がなんとも懇ろでいい。この一言だけで、子供がすでに自分の背丈を追い越したこと、そしてそれまでは子供の目線、同じ位置で子供たちの話を聞いていたこと、子供たちに話しかけていたことを自然に教えてくれる。

そして「もはや無し」で、そんな甘やかであった時間が二度と巡ってこないのだ、といった諦念も過剰にならず語られる。M音が纏わると先に書いたが、そうした鬱陶しくも、貴重であったまといつかれた期間への愛惜も読み取れよう。

子供と渾然一体となって子育てをしていた時期からの脱却を、静かにしかし力強く訴えたかったのかもしれない。

21

たんぽぽのぽぽのあたりをそつと撫で入り日は小さきひかりを収《しま》ふ

【出典】第六歌集『歳月』(平成7年〈一九九五〉)混沌

この一首を厳密に訳するのは難しいが、たんぽぽ(セイヨウタンポポか在来種か定かでないが、在来種のような気がする)の「ぽぽ」*の辺りをそっと撫でながら夕日がその日最後の余光をしまってしまったよ、意味としてはそんなところだろうか。「入り日」は「没《い》り日」とも書くが、沈む太陽のことである。

*「ぽぽ」—坪内稔典に「たんぽぽのぽぽのあたりが火事ですよ」

「たんぽぽのぽぽのあたり」とは何であろう。字面の面白さから、言葉遊び的に「ぽぽ」と歌ったのではないだろう。

この歌に読まれているたんぽぽはどんな状態であると想像できるだろう

か。蕾、花開いているところ、わたげの状態、あるいはロゼット。

「ぽぽ」という、どこかに飛んで行ってしまいそうな軽い音感からして、ここに歌われるたんぽぽは、わたげの状態以外に考えられない。たとえばこれが「たんぽぽの綿のあたりを〜」と歌われたとしたら、タンポポの状態は確定出来るだろうが、歌としての魅力は半減以下となろう。また、歌集ではこの前に「夕風はふと立ちあがる　道のべのたんぽぽの絮毛《わたげ》ひとすくひして」の一首が配されているが、私はこの一首が掲出歌の補足をしているようで気にくわない。この一首がなくても掲出歌はわたげの状態であることが無理なく読めるからである。

「絮毛」のような言葉で説明することなく、オノマトペ*（「ぽぽ」は厳密にはオノマトペではないが）でそのモノの状態を描写することに、この頃の河野は表現の可能性を見ていたのではないだろうか。それはたとえば「ぽぽぽぽと秋の雲浮き子供らはどこか遠くへ遊びに行けり」（『紅』）といった似たようなモチーフの歌にも表れている。オノマトペは一種の喩（音喩）である。当時の河野は直感的にモノを音として歌うことに執着していたのではないかと思えるのである。

*オノマトペ――擬音語・擬声語・擬態語を包括的にいう語。〔08〕参照。

22

雨垂れはいつまで続くしたたひたたてん、したしたしたしたしたしたひた、てん

【出典】第六歌集『歳月』（平成7年〈一九九五〉）したひたたてん

この、したひたたてん、したしした…と滴っている雨垂れはいつまで続くのだろうか。三句目以降はすべてオノマトペである。

改めて一首を解釈してみると、まったく間の抜けたものになってしまう。この一首からだけでは、歌われている深い意味や象徴されている何かを読み取ることは難しい。篠突く雨ではなく、しとしとと静かに降っている雨の方がこの歌の雰囲気には合う。

一首は明らかに折口信夫の『死者の書』の冒頭部分、すなわち大津皇子*（滋賀津彦）の亡霊が墓の中で目覚めたシーン、「した　した　した。耳に伝う

＊大津皇子—天武天皇の第三皇子。漢詩人、歌人。壬申の乱で父を助け、乱後、国

ように来るのは、水の垂れる音か」を踏まえている。

死者が約百年後に墳墓の中で目覚めるといったシーンを思い浮かべながらこの歌を読むと、一首は俄然凄みを増す。

歌集では「芥子《からし》色のスープの辛さ昨日よりふたつの乳がしみしみ痛い」「大いなる湿舌に覆はれてゐる夕べわれ生ぐさし卵のやうに」「夕陽さし祭壇のやうなベッドなり昨夜《よべ》垂れてゐし君が手われが手」などといった歌が同じ一連にはあり、掲出歌で終わる。自らの乳房の痛み、昨夜ベッドに垂れていた君の手と私の手といったセクシャルなイメージ、「湿舌」「卵」といったモチーフも同様だろう。昨夜の性愛の場面を思い出しながら、雨が軒を伝って落ちている音を気怠く、アンニュイな気分で聞いている、一連の中に置いて読むと一首はそのような読み方にならざるを得ない。

死者が目覚めるシーンをオーバーラップさせることで、「死」の対極としての「生（＝性）」が際立つ仕組みともなっている。一連の見出しが「したひたてん」であり、『死者の書』の冒頭シーンのオノマトペを最後に出してくるのも一連の構成上の眼目である。

したひたとややに間遠になりゆきていつしかふとも雨はやむらし（『紅』）

政に参画。草壁皇子と対立し、謀反の罪で処刑された。（六六三—六八六）

23

ユウコサーンとわれを呼ぶ二階の子らは宿題に飽きこゑ揃へ

【出典】第六歌集『歳月』（平成7年〈一九九五〉）ユウコサーン

宿題に飽きた二階の子供たちは私のことを、声を揃えて「ユウコサーン」と呼んでいるよ。歌に難しいところは何もない。

息子と娘はちょうど思春期から青春期へと差し掛かる頃である。男の子が母親に向かって「お母さん」と呼び掛けるのが気恥ずかしくなるのは中学、高校生ぐらいだろうか。兄が妹をかたらってちょっとした悪戯をしてみた、そんな雰囲気である。自らの母親のことを名で呼ぶという行為を微笑ましく思いながら、ユーモラスに歌っている。

河野には声にまつわる歌が非常に多い。「肉声」や「怒声」「蟬声」といった熟語以外では「こゝろ」と表記されることが圧倒的に多く、「こゝろのみは身体を離れて往来《ゆきき》せりこゝろとふ身体の一部を愛す」「ことば、否こゝろのたゆたひ　惑ひゐる君がこころをわれは味はふ」（『はやりを』）など印象に残る歌をいくつも拾うことができる。引用一首目に見るような、肉感的な存在としての声に魅力を感じてもいたようである。

掲出歌であるが、歌集『歳月』最後の「ユウコサーン」一連一九首の最後から三番目に置かれる。同じ一連の五首前には「母さんとめつたに言はなくなりし子が二階より呼ぶユウコサンなどと」の一首が見える。この一首を踏まえて掲出歌を読むと、単にユーモアを狙っただけの歌ではないことがよく分かる。子供が成長するにつれて手の届く範囲から離れていってしまうことを寂しんでもいるのだ。後年、この当時のことを振り返って「家族のそれぞれが、自分の親、自分の子供（中略）という拘束された役割や関係性から自由に」*なったと気楽になったように書いている。

同じモチーフは『蟬声』にもある。「お母さんと言はなくなりし息子にお母さんはねえとこの頃よく言ふ」。およそ四半世紀後に作られたこちらは、どこかに懐かしさの滲む一首となっていよう。

*エッセイ「ユウコサーン」（『たったこれだけの家族』所収）。

24

夜はわたし鯉のやうだよ胴がぬーと温《ぬく》いよぬーと沼のやうだよ

【出典】第七歌集『体力』〈平成9年〈一九九七〉〉鯉

夜になると私は鯉になってしまうようだよ、胴がぬーと温くなって、夜は沼のようだよ。不思議な体感の歌で、結句の「沼」を夜の喩と解したが、果たして正しいかどうか分からない。あるいは「わたし」が鯉にも沼にも同化してしまったようにも読める。

「よ」音が六音もあり、「ぬ」も四音、これら粘り気のある音が全体の三分の一ほども占め、非常になまなまとした感触を伝える。それは沼の澱んでぬるくなった水や鯉の体のぬめりといったものまで想像させる。

自らの体が夜になると温くなってきたことが一首の発想の原点だろう。そこから夜の沼の底にじっと沈んでいる鯉へと想像が飛ぶところが河野の独特の感覚、面白さである。この頃から河野の歌には身近な動植物に自らが入り込んでいくような、あるいはそれらになりきってしまうような体感の歌があらわれてくるようになる。その初期のころの一首。

そうした体感とは別に、この一首からはある種のエロティシズムが感じられはしないだろうか。夜といった設定はもちろんのこと、鯉はどこか男性器の象徴のようにもとれるし、沼はそれを受け入れている女性であるとも読めそうである。

一首のそうしたなまなまとした体感やセクシュアルな感覚は、個々の単語レベルがもたらしているのは当然なのだが、初句で軽く切れてはいるものの、結句までほぼ切れ目なく、それこそぬめぬめと繋がっている文体もその印象を強めている。「鯉のやうだよ」までは非常にテンポよく読めるのだが、それ以降の語感がかなりスローになって粘る。こういった言葉の意味以上に語順、リフレイン、語感といった要素も一首に大きな影響を与えていることは間違いない。「雨の日は池の泥水の底にゐて鯉やら鮒やらと混《まざ》りてゐたい」の一首が『日付のある歌』にある。

25

さびしいよ息子が大人になることも　こんな青空の日にきつと出て行く

【出典】第七歌集『体力』（平成9年〈一九九七〉）雲梯

いつかこんな青空の日に息子はきっと出て行く、そんな風に息子が大人になっていくこともさびしいよ、一首はそう言う。

短歌のハウツー本に、書かれていることの一つに「感情表現をそのまま書かない」といったことが挙げられる。嬉しい、楽しい、悲しい、寂しいの類いである。歌会や指導の場ではもちろん、河野もそのような語の使用を戒めていた。

しかしそういった理論と実作は別だ、というのも河野の持論であった。一首は明確に、しかもいちばん目立つ初句に、「さびしいよ」と書き起こされる。しかもその「さびしい」がひねりの効いた「さびしい」ではなく、ごく一般的な意味での「さびしい」である。

いわばもっとも初歩的なタブーを敢えて破ったかのような印象すらある。先の項に書いたように、動植物と一体化していくような歌がこの頃から作られ始めるのだが、それと軌を一にするかのように、こうした感情表現（圧倒的に「さびしい」が多いのであるが）がストレートに使われるようになってくる。

この時期が河野短歌における一つの大きなターニングポイントと見てまず間違いない。自身も中年へと差し掛かり、鋭利な感性や尖った言語感覚を備えた後進歌人が増えてきた頃でもある。掲出歌が収められる歌集『体力』に続く歌集『家』に「借りものの言葉で詠へぬ齢となりいよいよ平明な言葉を選ぶ」という一首があるが、身の回りのことを詠うのに自身が初期の頃に使っていた前衛的な言葉運びや先鋭的な感性が間尺に合わなくなってきていたのだと言えよう。

しかし、ここまで実にあっけらかんと息子がいつか家を出て行ってしまうことを「さびしいよ」と詠った歌も稀であろう。

26

書くことは消すことなれば体力のありさうな大きな消しゴム選ぶ

【出典】第七歌集『体力』（平成9年〈一九九七〉）バタつきパン

書くことはすなわち消すことでもあるのだから、体力のありそうな大きな消しゴムを選んで買うよ。

いまのようにパソコンで原稿を書く時代ではなかった。原稿用紙に向かい、鉛筆で何度も書いては消し、書いては推敲する、を繰り返す原稿の執筆。書いているのは歌ばかりではなく、評論などの散文でもある筈だ。

「鉛筆をもっぱら愛用し続けて来たのは、鉛筆の字は消せるからである。（中略）原稿用紙に直接書いてゆく。書きながら消し、消しながら書く」*とも綴っている。

*エッセイ「作歌の道具立て」（『桜花の記憶』所収）。

私自身が原稿を書いていて実感することの一つに、書くことよりもそれに倍して、書いたことを消すことの方に体力が要る、ということがある。あるところまで書いてきて、そこまで信じていた、自身の論を支えていたロジックが破綻するということは往々にしてある。そのたびに、それまで書いていたことを消す。そしてまた一から論を練り直す、そういった一進一退を繰り返しながら文章は熟成されていく。最初から一本の道が筆者に見えている評論というのは、実は面白くない。上二句にはそんな感情が読み取れる。

そんな壮大な*言挙《ことあ》げを受けての三句目以降であるが、ちょっとずっこけてしまいそうである。初期の河野であったなら、もっと詩的な昇華を試みたであろうが、コミカルと言ってしまってもいいような描写となっている。

どこか戯画的ではあるがしかし、「体力のありさうな大きな」ものに仮託したい気持ちもどこかに大きく働いている。自身には体力もなければ、自らが大きいわけでもない、そんな劣等感にも似た感情を消しゴムに預けていこうとする姿勢も見えるだろう。単なるカリカチュア*といった趣だけでは捉えきれない、作者河野の暗部がほのかに垣間見える一首でもある。

＊言挙げ──言葉に出して言い立てること。

＊カリカチュア──事物を簡単な筆致で誇張し、また滑稽化して画いた風刺画。

27

今死ねば今が晩年　あごの無き鵙のよこがほ西日に並ぶ

【出典】第八歌集『家』（平成12年〈二〇〇〇〉）晩年

歌集『家』は二〇〇〇年、つまり河野裕子が五十四歳の時に刊行されている。掲出歌の初出は一九九五年、河野が四十九歳の頃に作られた一首である。今死んだら、この数年が晩年ということになる。顎のないモズ*の横顔が西日の中に並んでいるのが見える。

初句二句のテーゼの出し方はさほど珍しいことではなく、他の歌人でも屡々見かける歌い方である。ただそれに対応させた三句目以下に一首の特徴がある。一字空けて、突如モズの横顔が描かれる。しかも顎がない、といった発想がかなり突飛である。

*モズ―百舌・鵙。全長20㎝ほどで、尾が長い。雄は顔に太い黒帯があり、頭部は茶色。背面は灰褐色。腹面は淡褐色。雌は全体が褐色。昆虫や小動物を捕食する。とった獲物を小枝などに突き刺しておく習性がある。

なるほど、嘴をもつ鳥類一般には総じて顎と呼ばれる部位はないように思える、これは小さな発見だろう。しかもその横顔が夕日の中に並んでいるというのである。初句二句と三句目以降とのこの不思議な取り合わせが断然面白く、そこを楽しめばいい。

四十代後半で自らの死を予感するというのも、少し早すぎる気もするのであるが、河野が常に持していた隠れた作歌のモチーフの一つは「死」であったとも言えるだろう。初期には「死ぬことのあるゆゑながき一瞬をめがねやのめがねにわが映りゐる」(『森のやうに獣のやうに』)や「死の後に再た歩み来む道の果てひるがほの耳あまたそよげば」(同)といった、観念的な「死」が歌われることが多かったのだが、この頃から自らに引き付けた、手触りのある、実感としての「死」が多く歌われるようになる。

モズは秋から翌春にかけて里山などで見られる鳥であるが、集団を作らず縄張りをもち単独行動する鳥である。そうすると西日に並ぶというのは腑に落ちない。電線かなにかに並んでいる何かの鳥をモズと間違えたものとも考えられる。ちなみに河野作品でモズはもっぱら「鵙」と表記され「百舌鳥」「百舌」などはない。

28

黄の箱の森永ミルクキャラメルの白いエンゼル水運ぶ途中

【出典】第八歌集『家』〈平成12年〈二〇〇〇〉〉森永ミルクキャラメル

あの「滋養豊富」「風味絶佳」と書かれたお馴染みの森永ミルクキャラメルである。その黄色い箱に描かれた白いエンゼルマークが歌われている。内容はほとんどなく、ただそのエンゼルが水を運んでいる途中だ、と言っている。私は河野のこういったナンセンスな、しかし少しのおかしみのある歌が結構好きだ。

この一首を読んで私は漠然と、水甕を担いだエンゼルを思い描いていたのであるが、今回この稿を書くにあたって、改めて森永ミルクキャラメルの箱を確認したところ、キャラメル箱に描かれているエンゼルマークは全く違った。縦向きに「T」と「M」の文字がつながり、その「T」の横棒の両端をエンゼルが飛びながら下向きに持っている図であった。このTMは森永の創業者、森永太一郎*のイニシャルに由来するのだろう。

重そうな水甕を、ちょっとお腹の出っ張った幼いエンゼルが担いでいる図を勝手に想像していた私は、完全に騙された、と思った。

しかしあるいはこの一首はそんな遊び心でもあったのではないか。この歌を読んで、手近にキャラメルの箱でもない限りは、誰もわざわざ買い物に行って確かめはしないだろう。よしんば誰かが気付いたところで、今回の私のように「ああ、まんまとしてやられた」と思うのが関の山である。

この歌はやはり「水運ぶ途中」の結句が断然いいのであって、「TMを運ぶ途中」だと何がなんだか分からなくなってしまう。最初に河野はTMに気付いた、しかしそれだと面白くないと直感し、水を運ぶエンゼルというのを創り出してしまったのである。歌はフィクションでもいいのだ。

初句から四句目まではきっちり定型で、結句だけ字余りである。「水運びおり」などにすると定型だが、それだとつまらない。

＊森永太一郎―アメリカでキャラメル製菓技術を研究し、帰国後森永製菓を設立、一八九九年（明治32）新しい製法でキャラメルの製造を始めた。初めは紙包装のばら売りで、紙の箱に入った森永ミルクキャラメルは一九一四年（大正3）につくられた。（一八六五―一九三七）

29

借りものの言葉で詠へぬ齢となりいよいよ平明な言葉を選ぶ

【出典】第八歌集『家』〈平成12年〈二〇〇〇〉〉水雪

借りものの言葉では詠えない歳になったので、さらに簡単で平明な言葉を選んで歌を作るようになった。「齢」は「よわい」ではなく「とし」と訓む。歌の内容に見合って、一首は実に平明な言葉のみで作られている。

ただ、言葉遣いが平明であるがゆえに逆に解釈を難しくさせている、あるいは一首を深化させている、といったことも考えられるだろう。この一首はなんといっても初句から二句にかけての「借りものの言葉」がくせ者である。

自分の造語でもない限り、基本的には世界にもとからあった言葉をわれわれは使っている。そういった意味ではあらゆる言葉は「借りもの」であるはずだ。

一首の中で「借りものの言葉」と対をなしているのは「平明な言葉」である。そうして考えると、河野が言う「借りものの言葉」とは先鋭的な、あるいは高踏的な、前衛的な、難解な、晦渋な言葉ということになるだろう。

そういった自分の身の丈に合わない言葉を使い、かなりの背伸びをしながら歌を作っていた若くてエネルギッシュだったかつての自分を微笑ましく思い返している、そんな風情でもある。

自身がアメリカに住まいした時の外国人との会話を「余計な装飾などくっつけているだけの余裕がない。無味乾燥な、素気ない会話にはちがいないのだが、これがかえって人間味、情感のあるものとなる」（『桜花の記憶』*「方言雑感」）と述べている。この文章は掲出歌の作られる数年前に書かれたものであるが、アメリカに滞在*した経験もその後の河野の作歌姿勢に大きく影響したことは間違いないだろう。この一節の余計な装飾を外す、ということと借りものの言葉で詠わないということはほぼイコールであると言えよう。

河野の歌が〈立った歌〉から〈寝た歌〉に変わったのはこの前後、自身の作歌に対するマニフェストとも呼べる一首である。

＊『桜花の記憶』―河野裕子エッセイ・コレクション（二〇一二年五月　中央公論新社刊）。巻末「全作品一覧」参照。
＊アメリカに滞在―〔16〕参照。

30

捨てばちになりてしまへず　眸《め》のしづかな耳のよい木がわが庭にあり

【出典】第九歌集『歩く』（平成13年〈二〇〇一〉）よき耳

私はどうしても捨て鉢になって物事を投げ出してしまうことができない。ひとみの静かな耳のよい木が私の庭にはあるよ。

おおよそ短歌において「捨てばちになりてしまへず」などと大胆に歌い起こされた歌を私は寡聞にして知らない。

前項でひいたように言葉遣いはあくまでも平明ながら、だからこそ言葉の衝迫力に賭けるといった強い思いも初句二句には感じられる。

二句目まではかなり悔いている。一首の背景を、カルチャーあるいは歌会の場などと想像しながら読んでみよう。何もかもが嫌になるような感情のまま出ていったものの、やはり公の場で感情を爆発させるようなことは出来ずに、内心もやもやしたものを抱えながら家に帰ってきた。

煮え切らない、忸怩たる思いで家の門をくぐると、そこにはとても聡明な木が私を待っていてくれた。その木はまるで私の気持ちの何もかもを分かったように、私を見透かしてくれている、かのように感じられた。

しかし、このような一義的な解釈をしてしまうことがこの歌にとって果たして幸せなのかどうか。私は必ずしも幸せであるとは思わない、いやむしろ不幸であるとさえ思っている。

一字あけを挟んだ二句目までと三句目以降はなるべくなら切り離して解釈・鑑賞した方がいいだろう。

捨て鉢になれてしまえば余程楽なのにそれが出来ない自分、なかば毳立《けばだ》った感情のさなかにあって外界を見渡したとき、ふっとある喬木（決して低木であってはならない）が目に入った。それには静かな目とよい耳がついているように感じられた、一首の鑑賞や解釈、そして意味づけはそんなところで充分ではないだろうか。

31

わたくしはもう灰なのよとひとつまみの灰がありたり石段の隅

【出典】第九歌集『歩く』（平成13年〈二〇〇一〉）桃花鳥子

石段の隅に、「わたくしはもう灰なのよ」とつぶやいているひとつまみの灰があった。一首を言葉通りに解釈すればこうなるだろう。

この一首を読んで、灰が擬人的に自らを「灰なのよ」と独り言を言っているとは誰も思わないだろう。作者である河野が自身のことを灰なのよ、と言っていると受け取ることの方が自然である。そのことをメタ*的な河野が灰を見つめて歌っている、そんな感じである。灰が自身を灰だと言っていては戯画以上のなにものも生まない。

自身が灰であるとはつまり、自らが火葬されてしまった後のことを言って

＊メタ的―形而上学的であるさま。メタフィジカル。俯瞰的に、超越的に。

いる。ちょっと誤魔化して面白そうに作った、といった趣であるが、その軽みのなかに重い主題を滑り込ませていると言ってもいい。

石段の隅、という場面設定もなにかしら暗示的な感じを起こさせる。コンクリート製の階段も石段ではあるが、この場合はやはり石組みの階段、といったイメージが強い。鬱蒼と茂った寺か神社の石段、そんな情景がこの一首にはふさわしい。

先の「今死ねば今が晩年」の一首もそうである。またこの歌集に先立つ『体力』*では「幣《へい》そよぐ山の日の暮れわたくしが灰になる日の山の匂ひする」といった一首も作っている。こちらはもっと直接的に自らが灰になる、と歌っている。自身の「死」が、「灰」というナマナマとした具体的なイメージで想像できる年齢に河野が差し掛かっていると言えよう。

一首は「灰」と「石段の隅」だけが漢字表記であり、ほかは仮名にひらかれている。仮名が多い分、柔らかな印象を与えるが、漢字で表記された「灰」が、しかも二回も繰り返されることで、一首の焦点は自ずとそこに収斂していく。また石段の隅といった場面が最後に提示されることで、くっきりとした像を思い浮かべることが出来る。

＊『体力』—第七歌集。一九九七年（平成９）七月、本阿弥書店刊。巻末「全作品一覧」参照。

32

お嬢さんの金魚よねと水槽のうへから言へりええと言つて泳ぐ

【出典】第九歌集『歩く』（平成13年〈二〇〇一〉）雨の日

解釈がわかれる一首である。

金魚の飼い主の女の子に向かって「お嬢さんの飼っている金魚よね？」と訊ねたので「ええそうよ」と、金魚が飼い主に成り代わって答えながら泳いでいる。金魚が話す訳がないので、そんな受け応えを作者が空想している、そんな解釈がひとつある。

私の解釈は違って、河野が水槽の上から金魚に向かって「あなたはお嬢さん（女の子）の金魚よね？」と訊ねると、金魚が「ええそうよ」と言いながらひらひらひらと泳いでいる、そんな場面を想像する。

歌の解釈に絶対の正解はないのでどのように捉えてもいいとは思うが、随分と不思議な歌であることに違いない。

いずれの解釈にせよ水槽の上から訊ねている主体と、「ええ」と答えている主体が入れ替わっていることは共通している。先の鯉の歌〔24〕でも言及したことであるが、歌う対象である動植物へと自らが入り込んでいく感覚、同化していくような歌い方がここでも顔を出している。

このほかにも金魚が言葉を発する歌は何首かあり、例えば

我慢して生きてゐなくていいのよとぽちよんと言ひて金魚が沈む『庭』*

金魚鉢の中に入れば水ぬるく　あ、ぶつかる横あ、ぶつかる後ろ『母系』*

などが挙げられる。

一首目は金魚が作者である河野を励ましてくれている。「生きてゐなくていいのよと言ひて～」だとただの甘い童話的な内容になってしまうが「ぽちよんと」という擬音語が挿入句のように差し挟まれることで、甘いだけにとどまらない一首となっている。二首目はもう完全に自らが金魚になってしまって歌われており、水槽の中で右往左往している様子を描く。こうしてみると、河野の歌に案外、金魚の歌われたものも多いことに気付く。

＊『庭』─第十二歌集（二〇〇四年　砂子屋書房刊）

＊『母系』─第十三歌集（二〇〇八年　青磁社刊）

巻末「全作品一覧」参照。

33

ゆつくりと治つてゆかう　陽に透けて横に流るる風花を吸ふ

【出典】第九歌集『歩く』（平成13年〈二〇〇一〉）ゆっくりと治ってゆこう

冬の陽に透けて横に流れる風花《かざはな》＊（晴れた日にチラチラと降る雪）を吸い込みながら、ゆっくり治ってゆこうよ、と自身を励ましている。

一首を解釈すればこのようになる。しかし二句目と三句目の間に一字あけがあるので、上下を直接つなげて読む必要もないのかもしれない。

河野は二〇〇〇年九月に乳癌が見つかり、翌一〇月に摘出手術を受けている。その直後の歌である。日本人の二人に一人が罹患すると言われる癌である。今ではかなりの治療法が確立されているとはいえ、予断を許さない病気であることに違いない。

＊風花――「かざばな」とも。

初句二句はあまりに直截に過ぎてあっけないほどである。ただこの直截が河野の身上でもある。持って回った言い回しよりも、このようにズバッと直球で訴えかけられる方が、読者により響く。特に大病を患った経験のある読者なら、この感覚はよりリアルに感じられるのではないだろうか。

河野短歌の大きな特徴のひとつに「代弁」といった機能が備わっているのではないか、と私は考えている。多くの人が思っていながら歌に出来ずにいる、あるいは言い出せない事柄、それを斟酌《しんしゃく》することなく表現してしまう。そしてそのことになんの戸惑いもない(ように見える)。言いたいこと、表現したいテーマを敢えてぼかしたり、曖昧に叙述してしまうと訴求力が失われてしまうことを直感的に知っていたのではないか、そんな気がしてならない。

そういった直球の初句二句の純朴な独白と三句目以降の景の取り合わせ、この辺が絶妙なところである。風花というなんとも儚《はかな》いものさえ吸い込んで治癒を願うひたむきさを一首から感じ取ってもいいだろう。私はどちらかと言えば、ひやりとした風花の感触を楽しむように口で受けている、といったように読んでいる。細かいことであるが風花が横に流れているという描写もいい。きっと向かい風であったはずだ。

34

穀象虫《こくざう》の湧きゐる米を陽に干せりこくざううざうざと新聞紙のうへ歩く

【出典】第十歌集『日付のある歌』（平成14年〈二〇〇二〉）息子たち来る

穀象虫の湧いている米を広げた新聞紙の上で陽に干したら、穀象虫がうざうざと新聞紙の上を歩いているよ。

この一首の収録される『日付のある歌』*は一年間毎日一首以上を作る、という雑誌（「歌壇」〈本阿弥書店〉）での企画が単行本化されたものである。掲出歌には十二月二日の日付が入る。米櫃を覗いたら、穀象虫*が湧いていたのだ。季節は初冬であるからもう寒い、虫の動きも鈍っていたのだろう。この日の天気は晴れていたようである。庭に新聞紙を敷いて米を広げると暖まった虫たちが動き出した、そんな場面である。

＊『日付のある歌』—第十歌集。二〇〇二年（平成14）九月、本阿弥書店刊。

＊穀象虫—体長約3㎜。体は黒色か褐色で頭の先は突き出ている。成虫は米や麦に穴をあけて産卵し、幼虫は内部からこれを食って育つ。こくぞうむし。

こうしたぞっとする出来事まで歌にしてしまうところが、一首のおもしろさであるが、それ以上にこの一首を際立たせているのが紛れもなく「こくざううざうざ」のオノマトペである。

何匹もの穀象虫が動き出したのを見て、「こくざううざうざ」のフレーズが瞬間的に思い浮かんだ。一首の嘱目をその一フレーズに定め、後はもう言葉を当てはめるだけ、そんな勢いでもって作られた歌と言えるだろう。

特に注目されるのが下の二句である。三句目まではきっちりと定型をもっているが、それ以降が九・十音という大幅な字余りとなっているのだ。

河野は元々、定型墨守というスタンスではなく、初期から定型をはみ出した歌、例えば「逆立ちして〜」〔01〕や「たとへば君」〔03〕などの歌を、多く作ってきていた。しかしそれらにはある緊密な韻律の「張り」といったものが感じられたのであるが、この頃から定型意識が明らかに緩み始める。あくまで五句三十一音を基本としながらも、その定型を如何に拡張するか、あるいは定型の枠組みを如何に「利用」するか…この頃を境として河野の歌の作り方は定型に対してきわめてルーズ、よく言えば自由になっていく。

35

左脇の大きなしこりは何ならむ二つ三つあり卵大《たまご》なり

【出典】第十歌集『日付のある歌』（平成14年〈二〇〇二〉）七滝

二〇〇〇年九月二十日の日付の入る歌である。

左胸の大きなしこり、これは一体なんだろうか。二つか三つあって、卵の大きさぐらいだよ。「夜中すぎ、鏡の前で偶然気づく」と詞書がある。

先にも述べたように、中年期以降の河野の歌は技巧を感じさせない平明な歌に移行していくのであるが、そうは言ってもある種の奥行きをもって歌われていた。巧まざる上手さといった見所が一首一首には隠されていた。しかしこの一首にはそのような隠されたレトリックといったものさえほとんど見受けられない。結句の「卵大なり」の見立てが辛うじて一首を歌として成り立たせてはいるが、贔屓目にみても散文的な内容といっていいだろう。

三句目までの間延びしたような語調は、自らの身体に起こった異変を受け止めかねているようにも思える。自身の乳房にしこりが見つかった、誰しもが咄嗟に思い浮かべるのは乳癌だろう。癌であると思いたくはないが、どこかに確信めいた予感はあった。初句の「何ならむ」の疑問の形は、自問にしてまではぐらかしたい気持ちがあったのではないか、今となってはそんな気さえする。歌集でこれに続くのは「パソコンの青き画面に向きゐるに「何やこれ」と言うて君に触らす」である。医学系研究者でもある夫の永田和宏*に確かめてもいる。

後日受診して、悪性腫瘍であることが判明するのであるが、当時河野は月刊雑誌「歌壇*」にて、毎日一首以上を作りひと月分をまとめて発表するという連載を持っていた。掲出歌はその中の一首であるが、この一首を含む乳癌罹患を公表するかどうかで、永田と随分と議論している。結局は河野の「隠すと言葉が濁る」という信念のもと、これ以降自身の乳癌のこと、手術、病後のことなどがつぶさに歌われることになっていく。河野が自身が癌であることを世間に公表した最初の一首でもある。

＊永田和宏――〔07〕〔41〕参照。

＊「歌壇」――本阿弥書店の発行する月刊短歌総合誌。

36

何といふ顔してわれを見るものか私はここよ吊り橋ぢやない

【出典】第十歌集『日付のある歌』（平成14年〈二〇〇二〉）七滝

二〇〇〇年九月二十二日の日付の入る歌である。「病院横の路上を歩いていると、むこうより永田来る」と詞書がある。

この一首の背景はかなりはっきりしている。この歌の作られた前日には「永田、京大病院形成外科の西村教授に連絡を取り、診察予約をしてくれる」と詞書きされた一首がある。夫が同僚である医師に診察の予約をしてくれている。その翌日に早速受診しており、その中の一首である。

歌の内容を確認しておこう。あなたはなんという顔をして私をみるのでしょうか、私は確かにここにいますよ、吊り橋なんかじゃありませんよ。

この日、永田和宏は河野が乳癌であるという診察結果を、河野から直接聞く前に同僚である西村教授より連絡を受けて知っていた。

当時の永田の勤め先である京都大学再生医科学研究所と京大病院とはわずか二百メートル程の距離である。悪性腫瘍であるという診察結果を聞いた河野は診察後、永田に会ってその内容を伝えるべく再生医科学研究所へと歩いて行った。診察が終わったことを知った永田も河野を迎えるべく京大病院へ向けて歩いていた。その二人が路上で出会った場面である。

妻が癌であることを知って愕然としながらも平静を装おう永田、しかしその永田の表情を見て瞬時にことの成り行きを悟った河野。映画のワンシーンのような一瞬が歌われる。「吊り橋」は、危ういもの、覚束ないもの、そういった概念の比喩――理詰めで考えればそうだろう。しかしこの「吊り橋」は理屈抜きで、永田の顔を見た瞬間に、咄嗟に出てきた言葉だった、と私は確信している。頭でこねくり回して思い浮かんだのではない、身体が本能的に摑み取った言葉、それこそが河野短歌の魅力でもある。

この後運転して帰る道中「涙があふれてしかたな」く、「この世はこんなに明るく美しい所だったのか」と思ったことを書いている。*

*エッセイ「癌を病んで」(『わたしはここよ』所収)

37

明日になれば切られてしまふこの胸を覚えておかむ湯にうつ伏せり

【出典】第十歌集『日付のある歌集』（平成14年〈二〇〇二〉）手術前後

十月十日と日付の入る歌である。詞書きには「原稿を書き終え仕舞湯に。外は雨。午前二時」とある。翌日には乳癌の手術が控えているにも関わらず、夜更けまで原稿を書いていたことが知れる。

明日になれば切られてしまうこの胸のことをわたしはしっかり覚えておこう、そう言って湯の中に揺らめいている自らの乳房を覗き込んでいる、一首の解釈はこうなる。

詞書きにあるように家族がみな入った後の最後の風呂である。手術を控えた前日（日付を跨いでいるので正確には当日）の午前二時までせっせと原稿を書いていた。そして書き終えたあとのいくばくかの開放感から急に手術への不安が募った、そんなところだろうか。

二句めの「切られてしまふ」の「しまふ」がどこか他人行儀な言葉遣いだ。我が身に迫った手術を我が事のように受け止めきれていない、手術ということがまだどこか遠い世界のことのように感じられている、そんな印象である。

生まれてこのかた、ずっと自分の一部であり続けた身体の一部が切除されてしまう、その切なさ哀しさ。自らの身体であるからこそ、責任をもって鮮明に記憶しておこうとするひたむきな意思が「おかむ」には込められている。

結句の「湯にうつ伏せり」は乳房を覗き込んでいることを直接的には表しているが、もう少し踏み込んで読むと嗚咽をこらえている、大声で泣き出したい気持ちを抑え込んでいる、そんな風にも読めるだろう。直接的に「泣けり」などと歌われてしまうとそこで歌の幅は潰《つい》えてしまう。

同じ日の一首に「眠られずハルシオン*を酒で嚥《の》みこむ」との詞書きで

わたしよりわたしの乳房をかなしみてかなしみゐる人が二階を歩く

とある。午前二時を過ぎても昂ぶって眠れない自分、そして夫もまた同じように悲しんでいる、そんな歌である。

＊ハルシオン―眠りに導く催眠鎮静剤。

38

発止発止と切りかへすのはもう止《よ》さう　朱いなり沁みて今年の烏瓜

【出典】第十一歌集『季の栞』（平成16年〈二〇〇四〉）念力

発止《はっし》発止と他人の発言に切り返して反論するのはもうやめよう。今年の烏*瓜の赤がことさら身にしみてくる。「朱い」は「あかい」と訓む。

座談会や討論会などの場面を思い浮かべながら読むとよいだろう。勢いのある若手が活きのいい発言をしてくる。その発言を、刀を発止と止めるように受け止め、丁々発止でやり返す——自分が元気だった頃はそんなやりとりも楽しかったけれど、今はもうそんなことも億劫になってしまった、そんな感じである。自身の病が直接の大きな原因であろうが、五十代半ばという年齢もそうした弱気に拍車をかけていよう。

＊烏瓜—野原・竹藪などで自生する雌雄異株。夏、白色花をつける。果実は大きな楕円形で赤熟する。

このような真情の吐露に続けて、烏瓜の赤といった豊かな色彩が取り合わせられる。

この下の句であるが、語順が捩《ねじ》れていて一読すると意味がとりにくい。特に「朱いなり」と「沁みて」のつなげ方が特異で、通常なら「沁みて朱いなり」となる筈だ。これで「沁みて」の前に「我が身に」などと補って読むと分かりやすくなる。加えて八・九音の大幅な字余りとなっている。定型を守って作るなら「身に沁みるなり烏瓜の朱」などとも出来たはずで、これでも意味はさほど変わらず、語順も順当と言えよう。しかしこうしたアクロバティックな語法も河野短歌の魅力と言えよう。

ただ、こうした破調にしてまで何故「今年の」を入れたかったのだろう。

この時期、河野は正岡子規*に没頭していた感がある。特に自らが病を得てから、脊椎カリエス*に苦しんだ子規が常に念頭にあったのではないか、そんな風に思う。特にこの時期、子規に関する原稿も多く執筆している。

いちはつの花咲きいでて我目には今年ばかりの春行かんとす　子規

子規のこの一首が思い浮かぶ。子規にとって一年一年を生き延びることが大変だったように、河野にとっても「今年」が大切だったのだ。

*正岡子規―俳人・歌人。松山生まれ。新聞「日本」・俳誌「ホトトギス」によって写生による新しい俳句を指導、「歌よみに与ふる書」を著して万葉調を重んじ、根岸短歌会を興す。(一八六七―一九〇二)

*脊椎カリエス―脊椎骨の結核性炎症。脊柱の鈍痛・変形および運動制限。結核性膿瘍の形成、下肢の麻痺などを呈する。

39

死ぬときは息子だけが居てほしい　手も握らぬよ彼なら泣かぬ

【出典】第十二歌集『庭』（平成16年〈二〇〇四〉）春へ

死ぬときは息子だけがそばに居て欲しい、彼なら手も握らず、泣きもしないよ。解釈するほどでもないが、意味としてはこうなる。

短歌は勿論、書かれていることだけでなく、書かれていない事柄も読まなければならない。この場合、自らの命終の場面を先取って想像しながら、そこには他の家族、夫や娘には居て欲しくはないと願う。なぜなら自分が息を引き取る間際に泣かれたり、手を握られたりするのが嫌だからだ。

いまわの際に引き留められたり、湿っぽいことを嫌うという心情は分からなくもない。しかし、家族に見守られながら死にたいと願う方が自然ではないだろうか。一首にはどこか陰惨な翳が差しているように思える。

河野はなぜこのような、陰惨な歌を作ったのか。

乳癌の手術自体は一応の成功をおさめたものの術後、河野は身体の不調を訴えるようになる。そのために不眠に陥り、処方された入眠剤をウイスキーなどの強い酒で流し込むという乱暴なことを毎晩繰り返していた。そうした薬の服用の仕方も一つの大きな引き金となったのだろう、次第に精神に錯乱を来すようになってきていた。掲出歌は夫の永田和宏に向かって、あなたよりも息子がそばにいてくれた方がいい、というあてこすりのようにも読める。以後、河野のこうした精神の錯乱は長く続くことになる。一首の言葉通りのことが決して本心ではないと思いたいのだが、「この子は、父親よりも何かがずっと大人なのだった。たぶん中学生の頃から」と詞書きされて

ただ黙つて瞬《まばた》きしてゐる息子の眼、けつたいな母親で長くあり過ぎた
『日付のある歌』*

といった歌や、

さびしいよ息子が大人になることも　こんな青空の日にきつと出て行く
『体力』*

のような歌も折々見られるからなんとも言えない気もする。

＊『日付のある歌』―第十歌集。二〇〇二年（平成14）九月、本阿弥書店刊。

＊『体力』〔31〕脚注参照。巻末「全作品一覧」参照。

40

夜のうちに書いて了《しま》はう母がまだ私の字を読め返事くるるゆゑ

【出典】第十二歌集『庭』〈平成16年〈二〇〇四〉〉鑑真和上坐像

今夜のうちに手紙を書いてしまおう、母がまだ私の文字を読めて、返事を書いてくれるから。

河野の母、君江は当時八十代半ば。徐々にではあるが認知症が進み始めており、物忘れがひどくなり始めていた時期でもある。そう遠くない未来に、母がもう手紙を読めなくなり、自分に返事をくれることもないだろうということを先取りして予感しているのである。

河野はマザコンと呼んでもいいほどに母親への依存度が高かった。初期から一貫して、最も身近な存在として描かれることの多い母である。

わが母はこのひと一人木戸口の門閉めゐる母が母なり　『歩く』*

このように唯一無二の大きな存在として、河野の中には常に母親がいた。その母が呆けていって、最後には自分のことも忘れてしまうかもしれない、そんな恐怖感が掲出歌からはにじみ出る。

河野の母、河野君江もまた歌人であった。その君江に

物を忘れ添いくる心のさみしさは私がだんだん遠くなること　『秋草抄』

といった一首がある。君江自身も自らが呆けていくことを自覚的に歌った一首である。この一首を詞書きとして河野は

「私がだんだん遠くなる」淋しかつたらう恐かつたらう四年まへの母　『母系』*

と歌う。君江の死の直前の一首である。

掲出歌に戻ろう。なぜ手紙なのか、電話で伝えてもすぐに忘れてしまうから、文字として書き送りたかった、そんな気分を想像する。「私の字を読める」は私の筆跡を私だと理解してくれる、といったところか。夜のうちに書き終えて翌朝、投函するのである。君江と河野の住まいは滋賀と京都、投函した翌日には手紙は君江の手許に届いたであろう。

* 『歩く』―第九歌集。平成13年〈二〇〇一〉青磁社刊。

* 『母系』―第十三歌集。平成20年〈二〇〇八〉青磁社刊。

41

今ならばまつすぐに言ふ夫ならば庇つて欲しかつた医学書閉ぢて

【出典】第十二歌集『庭』〈平成16年〈二〇〇四〉〉余白

夫ならば医学書なんかを見ずに私を庇《かば》って欲しかった、と今となったら遠慮せずに真っ直ぐにそう言います。

二句目までと三句目以降とが倒置の関係になっている。また一首のなかに二回「ならば」が出てくるのが、やはり気になる。しかしそれほどまでに強く念を押したかったといった思いも伝わってこよう。

術後四年を経過してこの一首は作られた。四年もの歳月を経てようやく「今ならば」なのである。ここにかなりのつもりに積もった怨念が籠もっているとみていい。本来なら夫が医学書を丹念に読み込んでいた手術前後の日々に

「医学書閉ぢて」と言えれば、あるいは詠えればよかったのだ、しかし出来なかった。倒置にしてまで「今ならばまつすぐに言ふ」を初句二句に持ってきたかったのは、それだけ積年の思いが強いことの証左でもある。

河野の夫・永田和宏は細胞生物学、特にタンパク質についての日本を代表する研究者の一人であり、歌人でもある。永田はまた一時期、日本癌学会に所属していたこともある、いわば医学系研究者である。その夫が妻の快癒を願って、医学書を繙き治療法を検討するのはごく自然なりゆきでもある。自らは治療にあたれなくとも、その治療方針を検討するほどの知見は持ち合わせていたのだろう。

しかしその医学書を読むという行為自体が河野の癪に障ることになる。パソコンの画面だけを見て、患者を診ないで診察をする医師のように思われたのだろう。

先にも紹介したがこの時期、河野は精神にそうとうな不安定を来たしており、情緒は安定していなかった。そうしたある種の「狂気」とも呼ぶべき精神状態が作らせた一首と見ていいのかもしれない。

42

よき妻であつたと思ふ扇風機の風量弱の風に髪揺れ

【出典】第十三歌集『母系』（平成20年〈二〇〇八〉）元気でね

私はよい妻であったなぁ、と扇風機の風量「弱」の風に髪を乾かしながら思っている。

初句二句の口語体（厳密には文語口語のミックス文体。完全口語なら「よい妻で」となる）の直叙*はかなり素直な思いの吐露といえる。思ったことを慮ることなくズバッと言ってしまう、歌ってしまうのも河野の初期から変わらない特色のひとつである。

それに続く三句目以降がいい。夏の風呂上がりなのであろう、ドライヤーを使えば乾きも早いが、ドライヤーだと暑くなるので扇風機で髪を乾かして

＊直叙―飾ったり、感想などを交えたりしないでありのままに述べること。

いる、そんな場面を想像する。扇風機にぼんやりとあたっている、物憂いような感じだ。結句が「揺れ」と連用形なのも一首の気怠さを強めている。「揺る」と終止形で括られていたならもう少し引き締まっていたはずだ。

数年にわたり精神のバランスを崩していた河野であったが、この頃からようやく寛解へと向かい始めていた。二句目の「思ふ」の静かな調子や、「風量弱の風」といった柔らかな場面の出し方からも、極端に張り詰めた、あるいは緊張した印象は受けない。

このアンニュイの大きな原因はもう一つ、二句目の「あつたと思ふ」の過去形にも見て取れる。子供たちが巣立っていってしまった後に「母であった」とするのは自然だが、夫に先立たれた訳でも離別した訳でもないのに、すでに過去形で歌っているところが一首の大きな見所である。自身が妻であること自体がもうすでに遠い過去の出来事のように思えてしまうのだ。未来を先取って歌っている、といった単純なことではないだろう。物事なべてに靄がかかったような、不思議な、どこか離人症*的ともいえる感覚がこの過去形には読み取れるような気がしている。

*離人症―自分自身や自分の行動、外界などに対し、実感が伴わない状態。神経症、極度の疲労時に見られる。

43

あをぞらがぞろぞろ身体に入り来てそら見ろ家中《いへぢゆう》あをぞらだらけ

【出典】第十三歌集『母系』（平成20年〈二〇〇八〉）はこべの花

青空がぞろぞろと身体の中に入って来てしまい、そら見たことか家の中が青空だらけになってしまったではないか。

奇想の歌である。一首に歌われている状況を理解しようとすると失敗する。こういった歌は、書かれていることをそのままに受け取って自分のフィーリングに合うか合わないかで判断するほかはない。天気の良い日に洗濯物でも干そうと外に出ていて、また家に入ったら青空も連れて入ってしまった、そんな雰囲気だろうか。

まず目に付くのが濁音の多さである。それを強調するために二回出てくる

「あをぞら」も敢えて仮名にひらいている。また「いへぢゆう」とわざわざルビも振っている。

まるでウジ虫がうじゃうじゃとわいているような、そんな薄気味の悪ささえ感じられるのであるが、明らかにそれが作者の狙いでもある。

青空といえば気持ちのいいもの、すがすがしいもの、そんな印象が普通だろう。天邪鬼なのではない。一点の曇りもない、というのはどこかにまがまがしさを宿すものだ。

河野の歌に青空の歌は何首もあるが、中でも奇想の歌を挙げておこう。

いうれいの飛行機なればあをぞらに形あらはれて見えながら航《ゆ》く　『家』

あをぞらが山の向かうから現れて気を許すなよと拡がりてくる　『母系』

青空をそよいで掃くのは楽しいよおもしろいよおおと藪がざわめく　同

なぜこのように青空が不吉な影をもって歌われるようになったのか。「八年まへ車椅子にて運ばれきあの青空がやつぱりねえと降《お》りて来たりぬ」（『母系』）。癌の再発を知らされた際の一首である。河野が乳癌の手術をした前後も抜けるような秋空であった。それが強く印象されたのであろう、河野にとって青空は凶兆として記憶に刻まれたのである。

44

病むまへの身体が欲しい　雨あがりの土の匂ひしてゐた女のからだ

【出典】第十三歌集『母系』（平成20年〈二〇〇八〉）ハイ

（癌を）病む前の身体がほしい。それは雨があがった後のあの独特の土のような匂いがしていた女の身体であるよ。

先に紹介した「よき妻であつたと思ふ」「今ならばまつすぐに言ふ」もそうであったが、後期の河野裕子の歌い方の大きな特徴として一首の最初に心情を一気呵成に述べるといった歌い方が目立つようになる。それがエスカレートして最後まで心境を歌った歌もある（「美しく齢を取りたいと言ふ人をアホかと思ひ寝るまへも思ふ」『母系』）が、基本的に二句目あるいは三句目で切って、その後に情景や喩*でもって一首をなすことが多い。

＊喩──物語の説明に他の物事

この一首もその典型であるが、三句目以降の喩が抜群の働きをしている。その前にまず構造を見ておく。初句二句はきっちり定型に収まっているが、三句目以降、特に結句が大幅な字余り、つまり六・六・十一音あるいは六・八・九音、となっている。「女の」を抜けばこの破調は、句跨がりではあるが、三十一音に収まる。しかし定型を破ってまで「女の」を入れたかったのだ。「土」イコール「大地」、その大地は生命を生み出す源、つまり「母なる大地」といった解釈ももちろんあろう。しかし、そういった通俗的な鑑賞を私は好まない。先の「吊り橋ぢやない」〔37〕の一首でも述べたが、そういった一般概念を少し越えたところで河野は歌っている、そんな風に思っている。

雨あとの土から立ち上る野趣溢れる、もっと言ってしまえば野性的なあの匂い、あれこそが女が生来的に持つ強さ、逞しさあるいは豊穣であるのだと「女のからだ」の荒々しい結句が訴えていよう。定型を遵守して「土の匂ひしてゐたからだ」であったなら、この力強さは決してうまれなかったであろう。そしてどこかに懐かしさも感じられるのである。

この歌を引いて「この世の時間について思うことが多くなった」*と述懐している。

を借りて表現すること。たとえ。譬喩・譬諭・比喩・比諭。

*エッセイ「私の第一歌集」(『わたしはここよ』所収)。

45

君江さんわたしはあなたであるからにこの世に残るよあなたを消さぬよう

【出典】第十三歌集『母系』（平成20年〈二〇〇八〉）わたしはあなたであるからに

君江さん、私はあなたであるから、この世に残りますよ、あなたを消さないために。

先にも触れたが君江は河野の実母・河野君江のことである。君江はこの頃、認知症に加えて、末期の癌を患っており余命幾ばくもない状態であった。

実の母に向かって「母」といった人称代名詞ではなく、「君江さん」と実名で呼び掛けているところがこの歌の大きな特徴である。実母に向かって名前で呼び掛ける歌をみかけることはほとんどない。そしてそれに続けて「私はあなたである」と、まるで母娘が不可分であるかのように述べてしまうのである。世の母親は娘にこう歌われたら反発する向きももちろんあるだろう。

しかし河野はそのような外連《けれん》は微塵も考えない。自分の心情を、クリアに歌の言葉に着地させようとすることになんの戸惑いも感じないのである。

この頃、河野は術後という自らの身体の不調をおして、何度も君江を見舞っている。「わたしはあなたである」はいささか誇張された表現、といった感じも受けるがしかし、実際にはそのような一心同体的な間柄であったのかもしれないと思うのである。

この前後の、河野が母を歌った歌を挙げてみよう。

三時間を病室にをり母がやつと半分食べしやはらかなパン　『母系』

鬆の入りし骨に支へられ在《い》まさむに帰郷かなはぬ鳩遠鳴けり　同

誰か居てわたしは怖い　母が死ぬ真水の底のやうなこの部屋　同

見舞った三時間のあいだに半分しかパンを食べなかった母、母が骨粗鬆症となっているのになかなか帰省できない、水底のような部屋にいて死に近い母をおもって怖れている三首目。いずれの歌からも河野にとって母親が如何に掛け替えのない存在であったかが伝わってくるだろう。

君江が逝去したのはこれらが歌われて程なく、二〇〇八年九月三十日であった。

この家のきれいに磨かれし鍋たちがいいだろ俺たちと重なつてゐる

【出典】第十四歌集『葦舟』（平成21年〈二〇〇九〉）いいだろ俺たち

この家の綺麗に磨かれた鍋たちが「いいだろ？　俺たち」と言いながら積まれて重なっている。二句目の「磨かれし」のみが文語表現となっていて、一首にアクセントを与えている。「磨かれた」であったら稚い歌になっていたはずだ。

内容としては、台所の調理器具収納スペースに重ねて入れられている鍋釜が綺麗に磨かれている、それだけである。それら鍋釜が擬人的に語り出しているところに面白みは見い出せよう。「たいていは汚れてゐるのが薬罐なり湯を沸らせて凸凹輝く」（『季の栞』）という一首もある。

鯉の歌や金魚の歌の項でも書いたように、後期の河野は動植物に自らがなりきって歌っているような歌が多くなってきていた。しかしこの一首では、無機質な鍋釜にまで河野自身が成り代わってしまったかのような印象さえうけないだろうか。

短歌の言葉を通じてなら森羅万象*、あらゆるものに成り代われる、当時の河野はそんな風に思っていたのではないか。だからこそ、鍋の気持ちになって歌うことさえできたのではないか。

これまでに見てきた、たとえば「わたくしはもう灰なのよ」〔31〕のような漠然とした概念としての「死」を歌い続けてきた河野であったが、乳癌という病に罹かったことで「死」をリアルに我が身に引き受けた筈である。確かなことは言えないが、「死」が身近に迫ったことをひとつの契機として、河野の中で自己相対化の幅が広がったのではないか。自分を俯瞰的*に見つめ、客観的な位置から自らを見つめようとしたのではなかったか。自分の現在いる場所から違う地点に立ってみる、すると自分以外のモノたちが発する言葉が敏感に伝わってきた。それらを言語化していった先にこのような短歌が出来たという気がしてならない。

＊森羅万象―宇宙間に数限りなく存在するいっさいの物事。

＊俯瞰的―高い所から広い範囲を見おろしながめること。

47

あの時の壊れたわたしを抱きしめてあなたは泣いた泣くより無くて

【出典】第十四歌集『葦舟』（平成21年〈二〇〇九〉）穂すすきの母

あの時の壊れてしまった私を抱きしめながら、あなたは泣いた。泣くより他に方法がなくて。直情がほとばしったような一首である。

河野が精神のバランスを崩していたことは再三書いたが、その精神的な病から立ち直ったあとに作られた一首である。「あなた」はもちろん夫である永田和宏。

精神に異常を来していたことは、他の誰よりも河野自身がもっともふかく自覚しており、さらにそのことで本人が一番苦しみ傷ついてもいた。

「あの時」の「あの」は予備知識がなければ空想で読む以外に方法はない。

しかしこの「あの時」は家族にとっては一つの符牒でもあった。

この時のことは永田和宏『歌に私は泣くだらう』*に詳しいが、かいつまんで説明しておく。発作を起こした河野は錯乱した状態で永田を罵ることが常であり、永田はそれにじっと耐え続けていた。そんな日々が何日も続く。なだめてもすかしてもどうにも手の施しようがないことに途方にくれた永田がある晩、河野を抱きしめて泣いたのである。

その時のことを後年に思い出して一首にしているのである。

歌としてみれば、特別に優れた歌ということでもないだろう。しかし、この一首はおそらく、永田への贖罪の意味も籠められているのだ。自らの錯乱のために言い尽くせぬほどの多大な負担をかけてしまった夫への、せめてもの償いがこの一首となって結実している。そして、相聞歌*とは取りも直さず、そういった側面を持つものでもあろう。前著で永田はこの歌を引きながら「私への罵言のすべてを許せると思った」と述懐している。

「壊れたわたしを抱きしめて」は、壊れてバラバラになってしまいそうな私をあなたが必死で繋ぎ止めようとしてくれている、そんなイメージで捉えてもいいだろうか。

＊『歌に私は泣くだらう』──副題：妻・河野裕子闘病の十年（新潮社）

＊相聞歌──万葉集の和歌の部立ての一。恋慕や親愛の情を述べた歌。

48

一日に何度も笑ふ笑ひ声と笑ひ顔を君に残すため

【出典】第十四歌集『葦舟』（平成21年〈二〇〇九〉）駅間《えきま》の時間

一日に何度も笑いますよ、笑い声と笑顔を君に残すために。

最初の乳癌が見つかってから八年後、癌の再発が見つかる。それが分かってからの一首となる。

再発が見つかって後、医師に宣告されたのは「一〇年後の生存確率は二パーセント、五～六年後でも数パーセント」ということであった。二～三年のうちに確実に死が訪れることを言い渡されたようなものである。

自らの死が不可避と悟ったからだろう、歌には雑味がなく、諦念のような透明感が感じられる。ある境地にたどり着いたとでも言っていいのだろうか、レトリックに頼ったり、発想に重きを置いたりはしていない。

素直な心情をそのまま歌に収めた、そのような印象を受ける。

使われている言葉は平明で、どこにも難しいところはなく、「短歌だ」と言われなければ、短歌として受け取ってもらえないかもしれない。

癌の進行に伴う体の衰えで、出来ることは徐々に少なくなっていく。家事なども思うに任せなくなってきた時期である。そんな不如意な状態であっても笑うことはできる。笑い声はあなたに残すことが出来る、そんな健気さ。

この一首には妙なリズム感のよさがあり、一読忘れがたく印象される。それは何故か。一つの大きな原因は「笑ふ」「笑ひ」の効果的なリフレインの使い方に依るだろう。もう一点、視覚的にも「ふ」「ひ」の仮名が効果的に機能していて、見た目のオノマトペのように感じられないだろうか。

レトリックを弄していないと書いたが、こうした細かい、レトリックとも言えないような技術が意図するしないに関わらず自然と発露するようになったのが河野の晩年の歌であると言える。

49

長生きして欲しいと誰彼数へつつつひにはあなたひとりを数ふ

【出典】第十五歌集『蟬声』（平成23年〈二〇一一〉）つひにはあなたひとりを

この世で長生きをして欲しいのはだれだろうな、と数えていたけれど、最後にはあなた一人だけを数えたよ。

河野裕子最晩年、死の数日前の一首である。この頃はもうすでに自力で歌を書くことはおろか起き上がることもできず、歌が浮かべばベッドサイドにいる誰か、多くは夫である永田あるいは娘である紅、が口述筆記をしていた。

子供たちや孫たち、親戚や親しく付き合った歌人たち、あるいは隣り近所、もしかすると飼っている老猫、そういった面々の幾人もが脳裡を掠めたであろう。そうしたすべての人々にももちろん、長生きして欲しいと願ったのであろうが、究極的にはただ一人、夫である「あなた」だけに長生きをして欲しい、そう願ったのである。

自らの命終が近いことを知ったときに、人は最後に何を願うだろうか。それは取りも直さず、最愛の人の健康と幸せだろう。そして、そう願いながら死んでいけることもまた、幸せなことではないかと思う。

同じ歌集の中に「のちの日々をながく生きてほしさびしさがさびしさを消しくるるまで」の一首も見える。これも同じモチーフである。「のちの日々」*とは作者である河野自身が死んだ後、ということである。

また第一歌集『森のやうに獣のやうに』の巻頭一連に

たれかれをなべてなつかしと数へつつつひには母と妹思ふ

こんな歌がある。掲出歌とは「長生き」と「なつかし」が違い、この当時は永田に出会っていないので母と妹が対象となっている、違いはそれだけでほぼ同じ内容、作りである。掲出歌が作られた時期、河野は痛み止めのモルヒネを打ち、意識が朦朧としていることも多かった。そんな状態で、この半世紀ほども前に作った自作を思い出すようなことがあったのだろうか。それは今となってはなんとも確かめようのないことではある。

＊永田和宏に歌集『後の日々』（二〇〇七年角川書店刊）がある。

50

手をのべてあなたとあなたに触れたきに息が足りないこの世の息が

【出典】第十五歌集『蟬声』（平成23年〈二〇一一〉）手をのべて

河野裕子、死の前日の辞世である。

手を伸ばして、あなたとあなたに触れたいけれど叶わない、この世で吸って吐く息が足りないから。こういった解釈が一つ。

手を伸ばして、「あなた」と言ってあなたに触れたいけれど叶わない。という解釈がもう一方で成り立つ。息が足りない、以下は同じだ。

要は「あなた」が複数なのか、単数なのかの違いである。

私は断然、後者の読みだが、短歌の読みに正解の絶対解はない。しかし。もう自力で起き上がることが出来ず、手足さえ満足に動かせない状態で、この世での記憶の最後の手触りとして、病床の枕元のあなたに触れておきたい、一首は切にそう願っている。死の間際に何を願うのが最も幸せだろう。美味しいものを食べることだろうか、いい景色を見ること、あるいは懺悔をすることだろうか。自分がもっとも多くの時間を共に過ごした人、もっとも多くの記憶を共有してきた人を思いながら、そしてその人に同じように思われながらであれば、人は安心して死んでゆけるのではないだろうか。

私が一首の解釈を特定の「あなた」にこだわるのは、「あなた」が複数だとこうした思いの強さがぼやけると思うからだ。思い——この場合〈願い〉や〈祈り〉と言い換えてもいいかもしれない——が拡散してしまうと一首の訴求力は途端に弱くなる。「あなた」ただひとりに収斂していく思いの強さがあればこそ、一首は断然、精彩を放つ。

言うまでもなく「あなた」は永田和宏、自らの短歌のスタートライン時に出会い、それから夫婦以上に〈同志〉とも言える間柄で共に作歌を続けてきたその人である。

この一首の後、河野は死の当日に「われは忘れず」という初句らしき言葉を遺したが「うん、これでいい」と言って、一首にはならなかった。

歌人略伝

河野裕子は昭和二一年七月二四日、熊本県上益城郡御船町七滝に父・河野如矢、母・君江の長女として生まれる。誕生日が芥川龍之介の忌日「河童忌」であることを気に入っていた。君江は若いときから短歌を作っていた。その後引っ越しを重ね滋賀県石部町に定住。小学校時代には学校の図書室の本を全部読破してしまう。甲西中学校在学中に国語教師に短歌の才能を認められる。京都女子高三年の時に自律神経を病み、一年間休学。この時から作歌を本格化させる。「コスモス」短歌会に入会。京都女子大に進学後、同人誌「幻想派」創刊に参加、そこで生涯の伴侶となる永田和宏と出会う。大学四回生で角川短歌賞を戦後生まれとして初めて最年少で受賞。卒業後、永田と結婚。横浜、東京、京都、滋賀、米国、滋賀、京都と十数回の引っ越し。常に戦後生まれの女性のトップランナーとしてあり続け、現代歌人協会賞、ミューズ女流文学賞などを受賞。初期の激しくも瑞々しい相聞歌、子供ができてからは多くの同世代者が共感する子育ての歌・生活の歌へと柔軟に歌柄を変化させていった。新聞歌壇や結社誌の選者を務め中年期は多忙な日々を過ごすも、歌柄に寂しさが滲むようになる。五四歳の時に乳癌が見つかり手術。以後、精神的に不安定となることが多くなるも、数年後に寛解。六二歳で癌の再発、二年後の平成二二年八月一二日没。主な受賞歴は前述の他に京都府文化功労賞、若山牧水賞、迢空賞など多数。最晩年には宮中歌会始の選者も務めた。

略年譜

年号	西暦	満年齢	河野裕子の事蹟
昭和二十一年	一九四六	0	七月二十四日、熊本県上益城郡御船町七滝に生まれる。父河野如矢《ゆきや》、母君江の長女。
昭和二十五年	一九五〇	4	京都市に転居。
昭和二十七年	一九五二	6	滋賀県甲賀郡石部町（現・湖南市）に転居。両親は呉服の行商から始め、やがて一軒屋を借りて「河野呉服店」を営む。
昭和二十八年	一九五三	7	石部小学校に入学。
昭和三十四年	一九五九	13	甲西中学校に入学。母・君江が明石海人の『白描』や中城ふみ子の『乳房喪失』、『啄木歌集』などの歌集を持っていたので、それらを読み、作歌を始める。
昭和三十七年	一九六二	16	京都女子高校に入学。本格的に短歌の投稿を始める。多くの新聞、雑誌などで入選。
昭和三十九年	一九六四	18	病気の為、高校三年の七月より翌年三月まで休学。十月、歌誌「コスモス」に入会。

昭和四十一年　一九六六　20　京都女子大学文学部国文学科入学。京都女子大文芸部に入部。

昭和四十二年　一九六七　21　同人誌「幻想派」創刊に参加。生涯の伴侶となる永田和宏に出会う。

昭和四十四年　一九六九　23　「桜花の記憶」により第十五回角川短歌賞を受賞。

昭和四十五年　一九七〇　24　大学卒業。滋賀県蒲生郡日野東中学校教諭となる。国語および英語を教える。

昭和四十六年　一九七一　25　母校、甲西中学校へ転勤。

昭和四十七年　一九七二　26　五月、第一歌集『森のやうに獣のやうに』を青磁社より刊行。永田和宏と結婚。

昭和四十八年　一九七三　27　八月、長男淳《じゅん》誕生。

昭和五十年　一九七五　29　五月、長女紅《こう》誕生。中野区へ転居（森永乳業中野社宅）。

昭和五十一年　一九七六　30　十月、第二歌集『ひるがほ』を短歌新聞社より刊行。

昭和五十二年　一九七七　31　『ひるがほ』により、第二十一回現代歌人協会賞を受賞。

昭和五十五年　一九八〇　34　八月、第三歌集『桜森』を蒼土社より刊行。

昭和五十六年　一九八一　35　『桜森』により、第五回現代女流短歌賞（ミセス）を受賞。三月、京都市芸術新人賞を受賞。

昭和五十七年　一九八二　36　六月、現代女流自選歌集叢書として、『あかねさす』を沖積舎より刊行。

昭和五十八年　一九八三　37　四月、滋賀県石部町に転居。両親と同居。

昭和五十九年　一九八四　38　第四回ミューズ女流文学賞を受賞。アメリカ・メリーランド州ロックビル市のロリンズパークに住む。第四歌集『はやりを』を短歌新聞社より刊行。

昭和六十一年　一九八六　40　五月、帰国。滋賀県石部町岡出の家に住む。同人誌「棧橋」に参加。十二月、エッセイ集『みどりの家の窓から』を雁書館より刊行。

昭和六十二年　一九八七　41　九月、第三十四回コスモス賞受賞。

平成元年　一九八九　43　京都市岩倉上蔵《あぐら》町へ転居。二十五年間籍を置いていた「コスモス」を退会。

平成二年　一九九〇　44　三月より「塔」短歌会入会。四月より「毎日新聞」全国版歌壇選者となる。

平成三年　一九九一　45　二月、砂子屋書房より「現代短歌文庫」として、『河野裕子歌集』刊行。十月、本阿弥書店より評論集『体あたり現代短歌』刊行。十二月、ながらみ書房より、第五歌集『紅《こう》』刊行。

平成五年　一九九三　47　七月号より「塔」短歌会の選者となる。

平成六年　一九九四　48　エッセイ集『現代うた景色』を京都新聞社から刊行。作品社から共著『世紀末の竟宴』刊行。

平成七年　一九九五　49　二月、それまでの歌集五冊を収めた『河野裕子作品集』を本阿弥書店より刊行。四月、現代女流短歌全集第一巻として、第六歌集『歳月』を短歌新聞社より刊行。『女と男の時空第一巻』共著（藤原書店）刊。

平成九年　一九九七　51　七月、第七歌集『体力』（本阿弥書店）刊。前年の「耳かき」三十首により、「第二十三回短歌研究賞」受賞。京都府「あけぼの賞」を受賞。歌集『ひるがほ』が「短歌新聞社文庫」として発行される。十月、『鑑賞・斎藤史』（本阿弥書店）刊。

平成十年　一九九八　52　四月、西日本新聞歌壇選者となる。歌集『体力』により第八回河野愛子賞を受賞。

平成十二年　二〇〇〇　54

一月、京都府文化功労賞受賞。九月、第八歌集『家』（短歌研究社）刊。九月、左胸に乳癌が見つかり、十月、京大病院にて手術。

平成十三年　二〇〇一　55

八月、第九歌集『歩く』（青磁社）刊。

平成十四年　二〇〇二　56

歌集『歩く』により紫式部文学賞を受賞。第六回若山牧水賞受賞。九月、第十歌集『日付のある歌』（本阿弥書店）刊。

平成十六年　二〇〇四　58

四月、歌集『体力』の英訳版「Vital Forces」がアメリア・フィールデン、結城文の訳によって刊行される。十一月、第十一歌集『季の栞』（雁書館）刊。同月、第十二歌集『庭』（砂子屋書房）刊。

平成二十年　二〇〇八　62

五月、宮中歌会始詠進歌選者となる。七月、八年前に手術した乳癌の再発・転移が見つかる。十一月、『続河野裕子歌集』（砂子屋書房）刊。十一月、第十三歌集『母系』（青磁社）刊。十二月、『歌人河野裕子が語る　私の会った人びと』（本阿弥書店）刊。

平成二十一年　二〇〇九　63

一月、宮中歌会始に選者として初めて出席。五月、歌集『母系』によって第二十回斎藤茂吉短歌賞を受賞。六月、『母系』によって第四十三回迢空賞を受賞。十一月、京都市文化功労賞受賞。十二月、第十四歌集『葦舟』（角川書店）刊。

平成二十二年　二〇一〇　64

六月、歌集『葦舟』によって第二回小野市詩歌文学賞受賞。

八月十二日、午後八時七分、乳癌により死去。享年六十四歳。

十月、永田和宏との共著『京都うた紀行　近現代の歌枕を訪ねて』（京都新聞社）刊。

平成二十三年　二〇一一

二月、永田和宏、永田淳、永田紅、植田裕子との共著『家族の歌　河野裕子の死を見つめた344日』（産経新聞社）刊。

六月、遺歌集となる『蟬声』（青磁社）刊。

死後、この他に永田和宏との共著『たとへば君—四十年の恋歌』（文藝春秋）、河野裕子エッセイコレクション『たったこれだけの家族』『桜花の記憶』『どこでもないところで』（いずれも中央公論新社）、エッセイ集『わたしはここよ』『うたの歳時記』（白水社）、『河野裕子読本』（角川学芸出版）などがある。

全作品一覧（河野裕子の歌集ほか全作品を制作、刊行順に掲げた。）

第1歌集『森のやうに獣のやうに』青磁社（一九七二）
第2歌集『ひるがほ』短歌新聞社（一九七六）
第3歌集『桜森』蒼土社（一九八〇）新装版：ショパン（二〇一一）
第4歌集『はやりを』短歌新聞社（一九八四）
エッセー集『みどりの家の窓から』雁書館（一九八六）
評論集『体あたり現代短歌』本阿弥書店（一九九一）、角川学芸出版（二〇一二）
第5歌集『紅』ながらみ書房（一九九一）
エッセー集『現代うた景色』京都新聞社（一九九四）
第6歌集『歳月』短歌新聞社（一九九五）
第7歌集『体力』本阿弥書店（一九九七）
第8歌集『家』短歌研究社（二〇〇〇）
第9歌集『歩く』青磁社（二〇〇一）
第10歌集『日付のある歌』本阿弥書店（二〇〇二）
第11歌集『季の栞』雁書館（二〇〇四）
第12歌集『庭』砂子屋書房（二〇〇四）
選集『河野裕子歌集』砂子屋書房（二〇〇七）

第13歌集『母系』青磁社（二〇〇八）
『私の会った人びと』本阿弥書店（二〇〇八）
第14歌集『葦舟』角川書店（二〇〇九）
選集『続　河野裕子歌集』砂子屋書房（二〇一〇）
『京都うた紀行―近現代の歌枕を訪ねて』（永田和宏共著）京都新聞企画事業（二〇一〇）
第15歌集『蟬声』青磁社（二〇一一）
『家族の歌　河野裕子の死を見つめた344日』（永田和宏、永田淳、永田紅、植田裕子共著）産経新聞出版（二〇一一）
『たとへば君―四十年の恋歌』（永田和宏共著）文藝春秋（二〇一一）
『たったこれだけの家族　河野裕子エッセイ・コレクション』中央公論新社（二〇一一）
エッセイ『わたしはここよ』白水社（二〇一一）
『河野裕子読本』（角川『短歌』ベストセレクション）角川学芸出版（二〇一一）
『うたの歳時記』白水社（二〇一二）
『桜花の記憶　河野裕子エッセイ・コレクション』中央公論新社（二〇一二）
選集『続々　河野裕子歌集』砂子屋書房（二〇一三）

解説　「河野裕子――詩型への揺るぎない信頼」――永田淳

野良猫にそれでも私は餌をやる彼らはそんなに長生きできない　『家』

たとえばなんの予備知識もなしにこの一文を読んだ場合、果たしてこれを短歌だと認識する人は何割ぐらいいるだろうか。書かれている内容は簡単でかつ散文的であり、特に詩的ということもない。さらにこの一首は五八五八八と短歌定型すら守ってはいない。では、この一首を短歌であると明確に規定するにはなにをもってすればいいのだろう。

河野裕子の短歌と向き合う場合、こういった問いに直面する場面が多くある。たとえば掲出歌であるが、これが短歌であることを証するただ一つの手がかりを、私は二句目の「それでも」の一語に求められるのではないかと考えている。短歌に限らず韻文とは、基本的には説明しない文芸である。書かれていない事柄に思いを馳せる、想像を膨らませることが韻文を読む上でのいちばんの楽しみと言えるだろう。

この一首の「それでも」は野良猫への餌やりを禁止した条例を念頭に置いた上で、その条例に反してでも餌をやる、あるいは近所に猫嫌いの人がいるけれども、という意味での「それでも」である。そういった条例に関することなどは一切捨象されているからこそ、この三十四文字は短歌である、と言えるのではないだろうか。

河野の歌が今なお広く愛唱され続けている理由はおそらく、掲出歌に見るような特徴にある。明快で分かりやすく、しかも共感しやすい。普段、漠然と思い描いてはいるものの、明確な言葉となって意識に現れることのあまりない事象や思いが韻文の形をとって表現される。それでいてどこかに含意が隠されているように感じられる。それは読む者一人ひとりに向けられた個人的な特別なメッセージのように思えてしまうのではないだろうか。「そう、それはちょうど私が今、思っていたこと」「よくぞ言ってくれた」そんな受け取り方をする人々に敷衍して、河野の歌は、歌壇以外の人々の人口に膾炙していったと思えてならない。本書でも基本的にそういった歌を取り上げたつもりである。

ただ、そんな単純な構図だけでは済ませられないことも反面、事実であろう。歌われている内容は普遍性を持ちながらも、三十一音の言葉として紡がれた時に立ち顕れる特異性、跳躍力の高さは、類い稀な言語センスとそれを支える圧倒的な読書量、古典への親炙という筋力があって初めて可能となったはずである。

＊

人の一生に青年期、壮年期、熟年期といった区分があるように、一人の歌人の、しかも若い頃から作歌を始めた歌人の歌柄にもそのような変遷が見られる。河野の歌も最初から冒頭に示したような単純で分かりやすく、韻律の緩んだ歌ではなかった。

本書の冒頭から河野の歌を辿って来た読者には、そのことはよく理解されるであろう。高校生時代から雑誌などに短歌を投稿し始め、結社にも入会し本格的に作歌を始めたのは昭和

30年代終わり、40年代の初めであった。時あたかも塚本邦雄や岡井隆、寺山修司や春日井建といった前衛短歌の旗手たちが華々しく活躍していた時代であった。当時の学生歌人たちはこれらアヴァンギャルドな詠風に陶酔し、こぞってその手法を模倣していった。河野も例に漏れず緊密な韻律をともなった、一首でもって言挙げをするような歌を作っていた。それは特に第一歌集『森のやうに獣のやうに』に顕著に表れている。本書でも取り上げた

逆立ちしておまへがおれを眺めてた　たつた一度きりのあの夏のこと
たとへば君　ガサッと落葉すくふやうに私をさらつて行つてはくれぬか
夕闇の桜花の記憶と重なりてはじめて聴きし日の君が血のおと

などを初めとして

血を吐きて夭く逝きたることすらや……しづかなる水底の砂響き合ふ
病めば恋ふ　夏の夕べを飛びゆきし燕のやさしき血汐の重さ

といったような歌は、その調べやモチーフの選びなど前衛短歌の影響がかなり色濃く出ている。緊密な韻律、と前述したが河野の歌の場合、きっちり五七五七七の定型に収める形での韻律ではない。本書でもたびたび指摘したことではあるが、河野には独特の内在律のようなリズム感があって、定型を大幅に踏み外しながらも一首を読ませる力、あるいは五句三十一

音に収まらないものの、詩型が千数百年にわたって保ち続けた「型」の磁場の中にさえあれば短歌たり得る、そう考えて作歌していたのではないかと思われる歌が溢れるようにある。河野の歌を一瞥すると伝統的な定型をないがしろにした作歌法と映るかもしれない。だが河野ほど詩型がもつ芳醇さ、包容力を縦横に駆使した歌人もまた稀であったと思うのである。これはおそらく言語化して説明するのが難しい事柄だろう。読者各自が持つ自身の内的なリズム（韻律）に合わなければそれまでであろうし、馴染んでくるとそれは心地よい陶酔感として波動のように伝わってくる類いのものである。

河野の歌が最初の変化を見せ始めるのは、早くも第二歌集『ひるがほ』からのように思える。この歌集の冒頭近くで第一子の誕生を迎える河野であるが、その当時はまだ第一歌集と同じ地平にある詠風、すなわち前衛短歌の影響力の元での作歌であった。しかし結婚をしたこと、子を得たことが河野の歌柄に徐々に影響を及ぼし始める。熱烈な相聞の対象であった「君」が生涯の伴侶となり、日々の生活に厄介をもたらす子供が増えたことで、従来の歌い方では世界を捉えきれなくなってきたのではないか。第二歌集『ひるがほ』は巻末近くに

しんきらりと鬼は見たりし菜の花の間《あはひ》に蒼きにんげんの耳

を含む「菜の花」十五首連作を配し、

土鳩はどどつぽどどつぽ茨咲く野はねむたくてどどつぽどどつぽ

を経て

君と子らを得たる腕《かひな》よさはさはと朝の夏草かき抱きて刈る

の掉尾の一首でもって一巻は括られている。

この辺りの変遷が私にはかなり面白く思われるのである。「しんきらりと〜」の歌に顕著なように「菜の花」一連は連作としての構成意識も高く、一首一首には引き込まれるような言葉の強さが漲る。菜の花畑でかくれんぼうをしたことを追想する一連であるが、いつしかその思い出が現実であったのか幻なのか、境界が曖昧になるような幻想的な構成の巧みさも光る。しかし「土鳩」という小見出しに連なる歌は「土鳩はどどつぽ〜」の一首だけである。この歌に関しては本書でも触れたが、なんとも人を食ったような作りである。

そして巻末の歌は、夫と子を得た幸福感に包まれた、呆気ないほど平和な一首である。そういった移ろいの末に、河野の畢生の名歌と目される、第三歌集『桜森』の巻頭歌、すなわち

たつぷりと真水を抱きてしづもれる昏き器を近江と言へり

が生まれるのである。

この第二歌集の終盤から第三歌集にかけての時期が、先に記した河野の歌が青年期から壮年期へ差し掛かるとば口であったのではないだろうか。それまでは発想の飛躍や、繊細な修辞の力でもって一首一首を練り上げていた節があるが、この頃から歌柄をより太く大きなものにしていったように見える。「たつぷりと～」の一首などはまさにその典型で、かなりスケールの大きな一首と言えるだろう。

また同時に身近な物事に材を取ることが多くなり、地に足がついたような歌い方になってくるのもこの頃からである。

子を叱る母らのこゑのいきいきと響くつよさをわがこゑも持つ　『桜森』

小突かれて精一杯に耐へてゐるブランコの吾子を遠く目守りつ　同

本書でも多く見たような子育ての歌、あるいは子供を題材とした歌が俄然この頃から増え始める。それも子供を慈しみ育てる、愛情を持って見守るといったステレオタイプな歌い方ではない。この二首にはどこか突き放したような客観的な視点が見られるのではないだろうか。こういった歌群がある一方で、

君を打ち子を打ち灼けるごとき掌よざんざんばらんと髪とき眠る　『桜森』

子がわれかわれが子なのかわからぬまで子を抱き湯に入り子を抱き眠る　同

といった非常に熱量の高い歌もある。こうした両極への振れ幅の大きさが加わることで、河野の歌は分厚さを獲得していったのだと思えるのである。

子をなした女性歌人に多く見られる傾向であるが、出産から子育てまでは頻繁に歌の題材とされる。しかし、子供が成長していくのに反比例して、その歌人が歌う子供の歌は減っていく。子供が一人の人間としての人格を備えていくにつれ、自分の支配下からは離れていき歌の材料としにくくなるのが大きな理由だろう。そしてもう一点、子供が歌のネタにされることを嫌うということも大きな原因として挙げられよう。

ただ、河野の場合はこうした事柄に一切頓着しなかった。遠慮や斟酌をせずに一首を作る勁さ、それも河野の歌柄のひとつの大きな特徴である。そういった遠慮会釈のない歌の延長線上に

美しく齢を取りたいと言ふ人をアホかと思ひ寝るまへも思ふ　『母系』

四人居て玲ちやんだけが女の子いけませんよ鼻くそ食べては　同

こんな歌が生まれてくる。玲は河野の初の女孫の名である。アンチエイジングが叫ばれる昨今の風潮に「アホか」と二度も思ってしまう。可愛い筈の女孫に、あっけらかんと鼻くそ食べてはいけませんよ、と語りかけてしまうこの野放図さ。

「歌でなら何でも言える」「短歌の定型が言いたいことを吸収してくれる」生前の河野がよく口にしていた言葉であるが、こうした詩型への揺るぎない信頼が河野の歌を大きく肥らせ

たことはまず間違いない。だからこそ通常は歌になりにくいこうしたモチーフまでもが一首となって姿をあらわす。
こうした箍が外れたような歌は中期以降に目立って増えてくる。

穀象虫《こくざう》の湧きゐる米を陽に干せりこくざうざうざうざと新聞紙のうへ歩く　『日付のある歌』
足の指一本一本たいせつに素足で歩く踵《かかと》を立てて　『季の栞』
フランスパン一本バリバリと食ひ終へて息子帰れり一人の下宿へ　『家』

それぞれに短歌表現としての妙はあるのだが、高尚に言挙げをする、といった歌い方からはほど遠い、いわゆる「地の歌」である。もちろん、こうした歌ばかりではなく一方では滋味深い歌や緊密な歌も数多くあり、いわば「なんでもあり」の渾然一体となった世界がひらけてくるのである。先の区分で言えば、歌柄が壮年期から老年期へと移行する時期でもあろう。

草紅葉はつか濡らして日照雨《そばへ》すぐさびしすぎて嘘のやうなり　『家』
あなたさへ私のさびしさを知らぬなり髪ひきつめて鏡に映す　『歩く』
八月の終りはさびしい　お茶碗のふちを叩くよ竹の箸もて　同
さびしさに沸点とふはあらざらむ指先だけをハンカチで拭く　『日付のある歌』

もう一点、指摘しておきたいのはこの頃から自身のさびしさを隠すことなく歌うことが俄然多くなることである。それまでにも「さびしい」が使われることは決して少なくはなかったが「鼻梁の翳さびしく汝れは眠りゐる妻子無き日のある夜に似て」「ＵＦＯの乗組員のさびしさは秋のほほづきのやうなひのくれ」のように一般的な概念としての「さびしさ」であり、自身のさびしさを歌うことはほとんどなかった。本書の中でも何度か指摘したことだが、基本的に短歌では自身の喜怒哀楽を直接表現することは忌避される。さびしい、と言わずにさびしさを一首の中で歌うことが求められるのが通常で、そのような歌い方が手本とされる。しかし、そういった範《のり》を知悉したうえで、河野はあえて「さびし」を多用するようになっていく。作歌をはじめて三十年ほどを経たうえでの融通無碍さ、あるいは自信が、「さびし」を多用する方向にシフトしていったと言えるのではないか。

これまでに見たようなあらゆる素材や歌い方がミックスされてごちゃ混ぜになったのが最晩年の三冊の歌集、すなわち『母系』『葦舟』そして遺歌集となった『蟬声』であろう。

白梅に光さし添ひすぎゆきし歳月の中にも咲ける白梅　　『蟬声』
さやうなら　きれいな言葉だ雨の間のメヒシバの茎を風が梳きゆく　　『葦舟』

どこかに諦念を漂わせたこうした沈潜した歌に加えて

陽に透きて今年も咲ける立葵《たちあふひ》わたしはわたしを憶《おぼ》えておかむ　『葦舟』
しやうもないから泣くのは今はめておこ　全天秋の夕焼となる　同

誰もが共感しやすい直叙の歌、そして

そのかみの河野如矢が兵隊にとられざりしは短軀のせゐか否かは知らず　『蟬声』

こうした不思議な歌まで織り込まれて、もはや無手勝流とでも言えそうである。しかし、その放縦さ、気ままさが河野裕子の歌の魅力であると言ってまず間違いない。それらすべての歌を経てきて初めて辞世の絶唱

手をのべてあなたとあなたに触れたきに息が足りないこの世の息が　『蟬声』

がなったのであろうと思うのである。

読書案内

☆伊藤一彦監修　真中朋久編『シリーズ牧水賞の歌人たち　河野裕子』（青磁社　二〇一〇年九月）
代表歌三〇〇首、エッセイ、評論、芳賀徹氏、天野祐吉氏らの寄稿エッセイ、真中朋久氏による河野裕子論など、河野裕子を網羅的に知るには最適の一著。

☆永田和宏・永田淳・永田紅編『あなた』（岩波書店　二〇一六年八月）
河野の全十四歌集のそれぞれの歌集から一〇〇首ずつほどを抄出したアンソロジー。各歌集について編者が分担してその頃のことについて執筆したエッセイを付す。全歌業を俯瞰的に一望できる。

☆河野裕子著『河野裕子歌集』『続河野裕子歌集』『続々河野裕子歌集』（いずれも砂子屋書房）
『河野裕子歌集』は現在では入手困難な第一、第二歌集を完本で収録。続は中期の歌集『体力』『歩く』の抄出、『家』を完本で収録。その他、エッセイや評論などを巻末に付す。

☆河野裕子著『歌人河野裕子が語る　私の会った人びと』（本阿弥書店　二〇〇八年十二月）
歌人の池田はるみ氏がインタビュアーを務めるインタビュー形式。馬場あき子、永田和宏、宮柊二、父母など河野に影響を与えた人物像が浮き彫りとなる。二人ともに関西人なので、関西弁の柔らかな語り口も読みやすい。

☆大島史洋著『河野裕子論』（現代短歌社　二〇一六年九月）
河野を初期の頃からを知る大島氏が雑誌に連載した原稿をまとめた一冊。刊行されたすべての歌集について詳細な解説を施す。
☆角川「短歌」編集部編『河野裕子読本』(角川学芸出版　二〇一一年七月)
短歌総合誌、角川「短歌」に掲載された河野自身の評論やエッセイ、また他の歌人による河野論をまとめた一冊。どのように河野が論じられてきたのかが詳細にわかる。
☆河野裕子エッセイコレクション『たったこれだけの家族』『桜花の記憶』『どこでもないところで』(いずれも中央公論新社)『わたしはここよ』『うたの歳時記』(いずれも白水社)
河野が書きためた膨大なエッセイをそれぞれの年代に区分して編集しなおした五冊。短歌だけでなく文章の書き手としての素質も垣間見える。歌のモチーフとなったエピソードなども描かれる。
☆河野裕子歌集『歩く』『母系』『蟬声』(いずれも青磁社)
河野の第九、第十三、遺歌集。
☆河野裕子歌集『葦舟』(角川書店　二〇〇九年十二月)
河野の第十四歌集。生前最後の歌集。
☆永田淳著『評伝河野裕子　たつぷりと真水を抱きて』(白水社　二〇一五年八月)
息子である筆者による評伝。河野の生い立ちから死までを息子の立場から綴る。

【著者プロフィール】

永 田　淳（ながた・じゅん）

1973年生まれ。同志社大学文学部英文学科卒業。1985年「塔」短歌会入会。編集委員を経て、現在「塔」短歌会選者。歌集に『1／125秒』（現代歌人集会賞）『湖をさがす』。著書に『家族の歌　河野裕子の死を見つめて』（永田和宏・永田紅らと共著）、『評伝・河野裕子　たつぷりと真水を抱きて』など。現代歌人集会理事、現代歌人協会会員。京都造形芸術大学非常勤講師。出版社・青磁社社主。

河野裕子《かわのゆうこ》

コレクション日本歌人選 075

2019年5月25日　初版第1刷発行
2019年6月25日　初版第2刷発行

著　者　永田　淳

装　幀　芦澤泰偉

発行者　池田圭子
発行所　笠間書院

〒101-0064　東京都千代田区神田猿楽町2-2-3

NDC分類911.08　電話03-3295-1331 FAX03-3294-0996

ISBN978-4-305-70915-8

本文組版：ステラ　印刷／製本：モリモト印刷
乱丁・落丁本はお取り替えいたします。　（本文用紙：中性紙使用）
出版目録は上記住所または、info@kasamashoin.co.jp までご一報ください。

コレクション日本歌人選　第Ⅰ期～第Ⅲ期　全60冊！

第Ⅰ期　20冊　2011年（平23）2月配本開始

1 柿本人麻呂　かきのもとのひとまろ　高松寿夫
2 山上憶良　やまのうえのおくら　辰巳正明
3 小野小町　おののこまち　大塚英子
4 在原業平　ありわらのなりひら　中野方子
5 紀貫之　きのつらゆき　田中登
6 和泉式部　いずみしきぶ　高木和子
7 清少納言　せいしょうなごん　坏美奈子
8 源氏物語の和歌　げんじものがたりのわか　高野晴代
9 相模　さがみ　武田早苗
10 式子内親王　しょくしないしんのう（しきしないしんのう）　平井啓子
11 藤原定家　ふじわらていか（さだいえ）　村尾誠一
12 伏見院　ふしみいん　阿尾あすか
13 兼好法師　けんこうほうし　丸山陽子
14 戦国武将の歌　綿抜豊昭
15 良寛　りょうかん　佐々木隆
16 香川景樹　かがわかげき　岡本聡
17 北原白秋　きたはらはくしゅう　國生雅子
18 斎藤茂吉　さいとうもきち　小倉真理子
19 塚本邦雄　つかもとくにお　島内景二
20 辞世の歌　松村雄二

第Ⅱ期　20冊　2011年（平23）10月配本開始

21 額田王と初期万葉歌人　ぬかたのおおきみ　しょきまんようかじん　梶川信行
22 東歌・防人歌　あずまうた　さきもりうた　近藤信義
23 伊勢　いせ　中島輝賢
24 忠岑と躬恒　みぶのただみね　おおしこうちのみつね　青木太朗
25 今様　いまよう　植木朝子
26 飛鳥井雅経と藤原秀能　まさつね　ひでよし　稲葉美樹
27 藤原良経　ふじわらのよしつね（りょうけい）　小山順子
28 後鳥羽院　ごとばいん　吉野朋美
29 二条為氏と為世　にじょうためうじ　ためよ　日比野浩信
30 永福門院　えいふくもんいん（ようふくもんいん）　小林守
31 頓阿　とんな（とんあ）　小林大輔
32 松永貞徳と烏丸光広　ていとく　みつひろ　高梨素子
33 細川幽斎　ほそかわゆうさい　加藤弓枝
34 芭蕉　ばしょう　伊藤善隆
35 石川啄木　いしかわたくぼく　河野有時
36 正岡子規　まさおかしき　矢羽勝幸
37 漱石の俳句・漢詩　神山睦美
38 若山牧水　わかやまぼくすい　見尾久美恵
39 与謝野晶子　よさのあきこ　入江春行
40 寺山修司　てらやましゅうじ　葉名尻竜一

第Ⅲ期　20冊　2012年（平24）6月配本開始

41 大伴旅人　おおとものたびと　中嶋真也
42 大伴家持　おおとものやかもち　小野寛
43 菅原道真　すがわらみちざね　佐藤信一
44 紫式部　むらさきしきぶ　植田恭代
45 能因　のういん　高重久美
46 源俊頼　みなもとのとしより（しゅんらい）　高野瀬恵子
47 源平の武将歌人　上宇都ゆりほ
48 西行　さいぎょう　橋本美香
49 鴨長明と寂蓮　ちょうめい　じゃくれん　小林一彦
50 俊成卿女と宮内卿　しゅんぜいきょうじょ　くないきょう　近藤香
51 源実朝　みなもとのさねとも　三木麻子
52 藤原為家　ふじわらためいえ　佐藤恒雄
53 京極為兼　きょうごくためかね　石澤一志
54 正徹と心敬　しょうてつ　しんけい　伊藤伸江
55 三条西実隆　さんじょうにし　さねたか　豊田恵子
56 おもろさうし　島村幸一
57 木下長嘯子　きのした　ちょうしょうし　大内瑞恵
58 本居宣長　もとおりのりなが　山下久夫
59 僧侶の歌　そうりょのうた　小池一行
60 アイヌ神謡ユーカラ　篠原昌彦

推薦する――「コレクション日本歌人選」

篠　弘

●伝統詩から学ぶ

啄木の『一握の砂』、牧水の『別離』、さらに白秋の『桐の花』、茂吉の『赤光』が出てから、百年を迎えようとしている。こうした近代の短歌は、人間を詠みうる詩形として復活してきた。しかし、実生活や実人生を詠むばかりではなかった。その基調に、己が風土を見つめ、豊穣な自然を描出するという、万葉以来の美意識が深く作用していたことを忘れてはならない。季節感に富んだ風物と心情との一体化が如実に試みられていた。

この企画の出発によって、若い詩歌人たちが、秀歌の魅力を知る絶好の機会となるであろう。また和歌の研究者も、その深処を解明するために実作を始められてほしい。そうした果敢なる挑戦をうながすものとなるにちがいない。多くの秀歌に遭遇しうる至福の企画である。

松岡正剛

●日本精神史の正体

和泉式部がひそんで塚本邦雄がさんざめく。道真がタテに歌って啄木がヨコに詠む。西行法師が往時を彷徨して寺山修司が現在を走る。実に痛快で切実な組み立てだ。こういう詩歌人のコレクションはなかった。待ちどおしい。

和歌・短歌というものは日本人の背骨であって、日本語の源泉である。日本の文学史そのものであって、日本精神史の正体なのである。そのへんのことはこのコレクションのすぐれた解説を読まれるといい。

その一方で、和歌や短歌には今日のメールやツイッターに通じる軽みや速さや愉快がある。たちまち手に取れるし、目に綾をつくってくれる。漢字・旧仮名・ルビを含めて、このショートメッセージの大群からそういう表情をぞんぶんにも楽しまれたい。

コレクション日本歌人選　第Ⅳ期

第Ⅳ期　20冊　2018年（平30）11月配本開始

61	高橋虫麻呂と山部赤人	たかはしのむしまろとやまべのあかひと	多田一臣
62	笠女郎	かさのいらつめ	遠藤宏
63	藤原俊成	ふじわらしゅんぜい	渡邉裕美子
64	室町小歌	むろまちこうた	小野恭靖
65	蕪村	ぶそん	揖斐高
66	樋口一葉	ひぐちいちよう	島内裕子
67	森鷗外	もりおうがい	今野寿美
68	会津八一	あいづやいち	村尾誠一
69	佐佐木信綱	ささきのぶつな	佐佐木頼綱
70	葛原妙子	くずはらたえこ	川野里子
71	佐藤佐太郎	さとうさたろう	大辻隆弘
72	前川佐美雄	まえかわさみお	楠見朋彦
73	春日井建	かすがいけん	水原紫苑
74	竹山広	たけやまひろし	島内景二
75	河野裕子	かわのゆうこ	永田淳
76	おみくじの歌	おみくじのうた	平野多恵
77	天皇・親王の歌	てんのう・しんのうのうた	盛田帝子
78	戦争の歌	せんそうのうた	松村正直
79	プロレタリア短歌	ぷろれたりあたんか	松澤俊二
80	酒の歌	さけのうた	松村雄二